武士の情け

本丸 目付部屋 12

藤木 桂

二見時代小説文庫

目次

武士の情け——本丸 目付部屋12

武士の情け――本丸目付部屋12・主な登場人物

桐野仁之丞忠周《きりのじんのじょうただちか》……使番《つかいばん》から目付となった若者。穏やかな性格にして頭の回転が速い。

小原孫九郎長胤《おばらまごくろうながたね》……目付方では最高齢の四十八歳。家禄は二千石の大身旗本。

谷本義左衛門《たにもとよしざえもん》……小川町《おがわまち》に屋敷を持つ家禄四百石の旗本。「大番方」六組、組頭。

皆川二郎右衛門康唯《みながわじろうえもんやすただ》……古参譜代にして家禄七千石の大身旗本家の当主。

沢井恭三郎《さわいきょうざぶろう》……代々皆川家に仕え、若くして皆川家の用人となった武士。

妹尾十左衛門久継《せのおじゅうざえもんひさつぐ》……十名いる目付方の筆頭を務める練達者。千石の譜代の旗本。

佐竹甚右衛門康高《さたけじんえもんやすたか》……勘定吟味役だった目付方の勝手掛《かってがかり》。幕府の会計に関する不正などを調べる。

臼井亀三郎《うすいきさぶろう》……着任して二年、二十七歳と若い武蔵国《むさしのくに》の代官。

有沢彦市郎《ありさわひこいちろう》……佐竹が右腕のように頼りにしている徒《かち》目付。

長左衛門《ちょうざえもん》……荒川の中流ほどにある天領・野津《のつ》村の名主。

稲葉徹太郎兼道《いなばてつたろうかねみち》……徒頭《かちがしら》から目付方へと抜擢された男。

本間柊次郎《ほんまとうじろう》……目付方配下として働く、若く有能な徒目付。目付方で一、二を争う剣客。

平脇源蔵《ひらわきげんぞう》……四十三歳になった最古参の小人目付。

梶山要次郎《かじやまようじろう》……中堅の徒目付。捜査のための芝居などに温厚な人柄が役立つ。

弥助《やすけ》……口入屋「加賀屋《かがや》」の主。気骨のある商人。

第一話　駆け込み

一

その日、目付方《めつけかた》の当番は、四十九歳の小原孫九郎《おばらまごくろう》と二十八歳の桐野仁之丞《きりのじんのじょう》の二人であった。

当番を務める日、目付は必ず黒の紋付《もんつき》の着物を着、麻《あさ》の裃《かみしも》を身に着けるのが決まりとなっていて、その一種、独特な服装は、広い江戸城のなかにあって誰の目にも明らかに、「黒の紋付を着ておいでであるから、あのお方が本日の『お当番御目付さま』に違いない」と、判別できるようになっている。

その黒紋付の格好で、桐野は昼下がり、目付部屋のすぐそばにある厠《かわや》へと向かったのだが、あいにく厠は、すでに誰かが使っていた。

めずらしいことである。

それというのも、この厠は目付部屋の東側に延びた廊下の突き当たりの、半ば「離れ」のような奥まった位置にあるため、ここを使うのは目付方の人員ばかりで、おまけに徒目付《かちめつけ》ら配下や目付部屋付きの小坊主たちは、桐野を含めた十人の目付に遠慮をしてか、この厠は使わず、他の遠くの厠を使うことがほとんどなのである。

つまりはこうしてすでにこの厠が使われている場合には、自分《じぶん》以外の目付の誰かが入っていると見るのが妥当なのだが、今はちょうど皆が城から出払っていて、残っているのは当番目付である「小原さま」と自分の二人だけである。その小原には、「ちと厠に行ってまいります」と断って部屋を出てきた訳だから、今、このなかに入っているのは、目付以外の人物であるはずだった。

すると案の定、厠の木戸を押して出てきたのは、見たことのない男であった。継裃《つぎかみしも》（上下揃っていない簡易な裃）を身に着けているから、旗本ではなく、御家人身分の者に違いない。きっとどこかの役方の下役であろうと思われたが、桐野にすれば「今、目付は皆《みなさま》いないはずだが……」と不思議に思っただけだから、その謎が解けさえすれば、別に誰でもいいのである。

厠の木戸からは少し離れたところで待っていた桐野が、出てきた男に会釈をすると、男はたいそう驚いたらしく、遠くからでも見て取れるほどにビクッと肩を震わせた。今日は桐野《こちら》が黒の紋付を着ているから、「お当番の御目付さまだ！」と一瞬にして判って、よけいに緊張しているのであろう。腰のところで二つ折りにならんばかりに深々と頭を下げてきて、そのままの格好で廊下の壁に貼り付いている。

どうやらこちらが厠のなかへ入るまで、丁重に見送ってくれるつもりのようだった。

「失礼いたす」

バツの悪さを感じながらも、仕方なく桐野は男の前を通って厠へと入ったのだが、驚いたことには、桐野が厠から出てきても、まだ男はさっきと同じところにたたずんでいて、こちらに頭を下げていた。

まさか「入《いり》」ばかりではなく、「出《で》」までを見送られるとは思ってもいなかったから、桐野はひどく面喰らったが、仕方がない。今度はただ小さく会釈だけをしながら、男の前を行き過ぎようとしたのだが、すると男は決死の形相《かお》で、こちらに声をかけてきた。

「私がような木っ端《こっぱ》な下役《もの》が、厚かましくもこちらを使わせていただいてしまいまして、まことにもって申し訳もござりませぬ。しかしながら、実はちとこの先の厠のほうが、二つながらに木戸が壊れておりまして、いたし方なくこちらをば使わせていただきました次第でございまして……」

「いや厠など、誰でも遠慮せずに使うがよいが、それよりはその木戸のことだ。壊れておるのは、『躑躅之間《つつじのま》』近くのあの厠か？」

「はい」

「して、どのような具合なのだ？　開《あ》け閉《た》てがならぬほどか？」

「いえ、その……。おそらくはコツをつかんで上手《うま》く閉めれば、閉まらぬことはないのでございましょうが……」

たぶん男はここの厠を使ってしまったことの言い訳に、木戸の話を口に出しただけだったのであろう。存外に話が大事《おおごと》になってしまって、逆に困っている様子であったが、江戸城内にそうして不具合な場所があるというなら、修繕すべきほどなのか否か、目付《めつけ》方としては確めねばならない。

もとより幕府諸施設の巡察《じゅんさつ》や、普請工事の出来栄え検分は、目付方の仕事の一つなのである。たとえば柱一本、床板一枚を修繕するにも、目付部屋から正式に許可を出さない限り、幕府の普請工事全般を統括する『作事方《さくじがた》』であっても、実際に工事を始めることはできなかった。

つまりはこたび、もし厠の戸に修繕が必要なようならば、目付方から作事方《こちら》に要請を出して直してもらえばよいのだ。

「なれば、これより見てまいろう。すまぬが、ちと案内《あない》を頼めるか？」

「は、はい……。かえってお手数をおかけいたしまして申し訳ございませぬ」

訊けば、男は、諸大名が大奥へと献上してくる進物を受け付けて、それを大奥へと届ける『進物取次番方《しんもつとりつぎばんかた》』の下役だそうだった。

進物取次番の詰所は目付部屋のすぐ近くにあり、その詰所に隣り合っているのが、さっき桐野が口に出した「躑躅之間」と呼ばれる大座敷なのである。

この躑躅之間は、役高千五百石の『先手組《さきてぐみ》』の弓頭《ゆみがしら》や鉄砲頭《てっぽうがしら》、役高千石の『徒《かち》頭《がしら》』や『小十人頭《こじゅうにんがしら》』といった番方（武官）の長官たちが、御殿内の儀式などで登城した際に控室として使う大座敷で、そうした際に大人数でも使用しやすいように、すぐ前に厠が二つ並べて設《しつら》えられてあるのだ。

はたして厠の前に着き、木戸を開け閉てしてみると、なるほど「開く」のは普通に開くのだが、いざ「閉めよう」とすると、どこかが桟《さん》に引っかかっているらしく、いくら押しても閉まらない。試しに厠のなかへ入って、内側から開け閉てをしてみたが、やはり閉める段になると、どこかに引っかかるようだった。

「まこと、そなたの申すよう、二つながらに閉まらぬな……」

二つ並んだ厠の木戸の両方が、同じようにどこかに引っかかって閉まらないのである。それでも桐野がまだガタガタと動かしてみていると、横でもう一つの厠の木戸を動かしながら、進物番の男が言い出した。

「同僚の者らが申しますには、戸板を斜めに持ち上げながら引き寄せれば、どうにか閉まるというのでございますが、これがなかなか……」

「うむ。おそらくは桟が歪《ゆが》んで、戸板が入らぬのであろうが」

「はい。それでも以前はガツンと引けば、当たりながらも閉まりはしたのでございますが、近頃では、もういっこうに閉まらずで……」

「さようであろうな」

やはりこれでは厠の用をなさぬゆえ、修繕せねばならない。目付部屋に戻ったら、さっそく作事方に使いを出して修繕の要請をしようと考えていると、遠くからそんな桐野に声をかけてきた者があった。

「桐野さま！」

声のしたほうを振り返ってみると、廊下をこちら《こちら》へと駆け寄ってくるのは、『表坊主《おもてぼうず》』のようである。よく見れば桐野も見知っている顔で、「磐田光淳《いわたこうじゅん》」という名の古参の表坊主であった。

表坊主は、いわば本丸御殿付きの執事のような存在で、登城してきた諸大名や旗本たちの世話をして雑用をこなしたり、御殿内の清掃管理をしたりするのが仕事の役方である。

「おう、光淳。何ぞかあったか？」

「はい。お話の途中にお邪魔をいたしまして、申し訳ございません。実は『台所《だいどころ》』に、何ぞ獣《けもの》が出ましたようで、芋《いも》をだいぶん喰い荒らされたそうにてございまして……」

「なに？　して、獣は捕まえたのか？」

「いえ、何でも棚の裏手にするりと逃げ込んでしまいましたそうで、今、皆で大騒ぎで探している最中《さなか》にござりまする」

「…………」

と、聞いて桐野は、困り顔でため息をついた。

「下手《へた》に騒いでしまっては、いよいよもって奥に潜《ひそ》んで、出てこなくなろうに……。よし。なれば、参ろう。案内《あない》してくれ」

「はい」

厠の木戸については、急ぎ修繕の手配をするから安心するよう、進物番の男に言い聞かせると、桐野はまた忙しく、表坊主とともにその場を立ち去っていくのだった。

二

表坊主が案内したのは、正式には『表《おもて》台所』と呼ばれる賄《まかな》いの食事を作る場所であった。

本丸の御殿内には三つの台所があって、上様の召し上がるものだけを専門にこしらえる『御膳所《ごぜんどころ》』と、大奥の食膳を担当する『奥《おく》御膳所』、そしてもう一つが『表台所』である。ここでは本丸御殿に出勤してくる役人たちの賄い食や、儀式などの際に諸大名や旗本たちに供する酒食を調理していた。

この表台所に、「動物が出た」というのである。

はたして表台所に到着すると、表坊主の光淳の言う通り、台所方の下役なのであろう男たちが七、八人で、棚の下や裏側などを覗き込んだり、棒で突いて探ったりと、大変な騒ぎになっていた。

「あっ、桐野さま」

目付の桐野の登場にいち早く気がついたのは、『表台所方』で組頭《くみがしら》をしている「青《あお》井（い）」という男である。それというのも、目付は当番や宿直番（とのい）の際など、この表台所で賄い飯を食する機会が多いため、自然こうして台所方の下役たちと顔見知りになるのだ。

「お騒がせをいたしまして申し訳ございません、桐野さま」

「いや、それより『獣』と聞いたが、何が出たのだ？」

「相《あい》すみません。それが、はっきりとはいたしませんで……」

台所方の者たちが、最初に「動物の気配」に気がついたのは、半刻《はんとき》（約一時間）ほど前のことだという。食材置き場になっている納戸《なんど》部屋から変な音が聞こえてきて、それに気づいた下役の者ら二名が納戸部屋の戸をこわごわ引き開けてみたところ、真っ暗な納戸のなかから、バッと何かが飛び出してきたのだという。

「納戸のなかは外から陽が入りませぬゆえ、普段は必ず提灯《ちょうちん》か、手燭《てしょく》（手持ち燭台）を持って入りまする。この二人も、まずは手燭で室内《なか》を見ようと照らしたそうにございますのですが、そうしましたら、不意に暗がりのなかから飛び出してまいりましたそうで……」

桐野と青木が話している間にすでに他の者らも集まってきており、そのなかの二名が今の話の「二人」だそうである。青木が促すと、二人は話し始めた。

「はっきりと見えた訳ではないのでございますが、私が目には、どうも『狸《たぬき》』に見えまして……」

片方が口火を切ると、もう一人も言ってきた。

「いや、ですが、狸にいたしましては、いささか小ぶりで身体も長うございましたので、おそらくは『鼬《いたち》』なのではございませんかと」

「狸か鼬、ということか……」

間を取って桐野が言うと、横手から助け舟を出すように、組頭の青木が口を出してきた。

「どちらにしても、いたのは一匹だけだったそうにてございますのですが、芋が幾つも、やられてしまいまして」

そう言って青木が案内して見せたのは、納戸部屋のなかだった。六畳ほどあろうかと見える納戸部屋は、床も壁も天井も板張りになっていて、壁には三面、簡易な棚が造り付けになっている。その棚の一番下の段には、大きな竹籠《たけかご》が幾つも並べて置かれており、よく見れば、その竹籠のすべてが芋のようだった。

「これは皆、底の底まで芋ばかりか？」

「はい」

「…………」

どうりで江戸城《しろ》の賄い飯は、芋の煮っころがしばかりなはずである。

そう思って、桐野が少なからずうんざりとしていると、青木が横から報告のように言ってきた。

「ですが、これだけございましても、実際には、ものの幾日かで無《の》うなってしまいますので」

「さようか……」

そうもシャカリキになって芋ばかりを使おうとせずともよいものを、と思いながらも、桐野は青木から手燭を借りて、納戸部屋のなかを隅々まで眺めまわした。

「して、その狸か鼬が入った出入口《くち》の話だが、この納戸の戸は、開け放ったままでおったのか？」

「いえ。私らが参りました時には、この引き戸はきっちりと閉まっておりました」

「そうか……。なれば、やはり、あの押し上げの小窓から、どうにか入ってきたということであろうな」

桐野が指差しているのは、通気のために設けられているらしい高窓のことで、今は閉まった状態になっているが、おそらくは下から長い棒で突き上げてやれば、ぶら下がった小板が開くようになっているはずである。

「あの小窓から入ってきたというのであれば、おそらくは狸ではなく、鼬であろう。鼬なら柿の実を狙って、木の幹なんぞも楽に登るが、狸は下で実が落ちてくるのを、うろうろと待つだけゆえな」

「いや、さようなものにてございますか……」

思いもかけず「御目付の桐野さま」がやけに獣に詳しくて、青木をはじめとしたその場にいる一同が、皆で揃って目を丸くしている。

そんな一同を尻目に、桐野は納戸部屋を後にした。

「して、ここから出た獣が逃げ込んだ先というのは、どこだ？」

「こちらの戸棚の裏手にてございまして……」

青木が指したのは、納戸部屋を出てすぐの作業場に四つ並べて置かれている大きな食器用の戸棚で、見たところ、四つ合わせた全長は三間（五・四メートル）ほどもありそうである。

その巨大な戸棚の両脇から長い棒を差し込んで、下役の者たちが戸棚の裏をめったやたらに突《つつ》きまわしているのを見て、桐野は離れたところから声をかけた。

「もう、そこにはおらんのではないか？」

言いながら近づいていくと、桐野は改めて周辺を見まわした。

「まだこのあたりにおるとすれば、その米櫃の後ろや、炭俵の積まれているあたりも怪しいが……」

桐野が言うやいなや、さっそく棒を持った下役たちが二手に分かれて、大きな米櫃の後ろと、高く積まれた炭俵の裏手とを突き始めた。

「わあッ！」

炭俵の裏手を突いた男がいきなり声を上げてきて、桐野ら一同がそちらを見ると、くだんの獣と見えるものが、しゅるしゅるっと作業場を横切って奥まった場所の壁際に向かおうとするのが確認できた。

「やはり鼬だ！　誰ぞ、急いで階段の前に立て！　二階《うえ》に上がらせてしまうと、屋根裏に棲みつかれるぞ！」

「はっ！」

桐野の指示に従って、バッと近場にいる者らが階段に向かって駆け出した。

作業場の奥には二階に通じる階段があり、その二階も、乾物類などの食材置き場になっているのだ。

「やっ、そっちに参りましたぞ！」

「おお！」

危機一髪、階段の封鎖が成功して、鼬は逆方向の奥へと逃げ込んでいった。

するとと今度はそれを追い、いっせいに皆で駆け出していく。

「さように皆で追い立てては駄目だ！　鼬が自分で逃げるよう、外に通じる道だけ残して退路を塞げ！」

「ははっ！」

外に出すには表台所の東側の『石之間《いしのま》』と呼ばれる、全面、床が石畳になっている調理場のほうへと追い込まなくてはならない。その石之間の向こうが、外への出入口になっているのだ。

「よし！　鼬はあの裏に隠れたぞ。まずはここから外へと向けて、『人間壁《ひとかべ》』を作れ。鼬をあの裏から突き出すのは、それからだ」

「はっ！」

とはいえ、今ここにいる人員は、桐野や表坊主の光淳を含めても、十人いるかいないかである。「人間の壁」の隙間を鼬がすり抜けてしまわないよう、桐野が組頭の青木とともに人員の配置をしていると、その桐野を探して、『徒目付』の高木与一郎《たかぎよいちろう》が台所の作業場のなかへと入ってきた。

「桐野さま」

「おう、与一郎か。どうした?」

「それが……」

と、高木は急ぎ桐野のほうへと近づくと、他の者らに聞かれないよう、声を落として言ってきた。

「実は小川町《おがわまち》のほうに、旗本家《はたもと》どうしの揉め事があったようにてございまして、今、城に報告《しらせ》が……」

「すまぬ、与一郎。今はちと、ここを動けぬのだ。悪いが、目付部屋《へや》に小原さまがおられるゆえ、そちらにお頼みしてくれ」

「……はい。では、お取り込みのところ、失礼をばいたしました」

「うむ。頼む」

「ははっ」

桐野《こちら》に頼むのをあきらめて台所を出ていく高木与一郎の後ろ姿を、桐野は少し案じながら見送るのだった。

三

それから程なくのことである。高木与一郎は桐野の命《めい》に従って、今日の当番目付のもう一人である「小原さま」を訪ねて、目付部屋に駆けつけていた。

「なに？　小川町に騒動とな？」

「はい。つい先ほど、小川町にあるという辻番所から、急ぎ報せが入ったのでございますが……」

本丸御殿の玄関には、左脇に徒目付数人が交替制で詰めている『番所《ばんしょ》』があり、今日は高木が当番の一員だったのである。

「小川町に屋敷を持つ『谷本《たにもと》』と申す旗本家の門前に、他家の家臣が幾人もで押しかけて、『今、そちらに男が一人、逃げ込んでいったが、それはうちの家中の者ゆえ、引き渡していただきたい』と、立ち騒いでおるそうにてございまして」

だが谷本家のほうでは、「さような者は来ておりませぬ。何かのお間違いかと……」と突っぱねているそうで、「いや実際、ここに駆け込んだところをこの目で見たのだ。すみやかに引き渡せ！」と、両家が門前の通りで激しい口論になっているという。

「辻番所の番太《ばんた》（番人の中間《ちゅうげん》）の者らが数人で、揉めているのを収めようといたしたそうなのですが、『返せ』と騒いでおります武家《ほう》があまりにも大身《たいしん》で、番太などでは、どうにもならぬそうでして……」

「大身？　では、お大名家か？」

「いえ。旗本は旗本なのでございますが、何でもご家禄七千石の『皆川《みながわ》さま』とおっしゃる、古参譜代の御家だそうにてございます。対して、押しかけられている『谷本家』のほうは、家禄のほどは四百石だそうでございまして」

「ふむ……。なれば七千石の旗本家の家臣が、おそらくは何ぞか仕出《しで》かして遁走し、四百石の旗本家の屋敷に『駆け込んだ』ということであろうな？」

「はい。さようで……」

幕府創成期の昔より武家には稀《まれ》にあることなのだが、こたびのように武家の家臣が何か問題を起こして主家《しゅか》を追われる身になったとしても、その家臣が「自分は悪くない。事件《こと》を見誤っているのは主家のほうだ《たけ》」と信じて、不当に処罰されるのを「否《いな》」と考えた場合、我が身の保護を求めて他家の屋敷の門戸を叩いて、逃げ込むことがあるのだ。

「番太の者が申しますには、両家とも、とにかく我《が》を張り合《お》うて、いっこう引かぬようにてござりまして」

「ほう……。四百石が七千石の大身を相手に、引かずに頑張っておるという訳か」

そう言った「小原さま」の目が、いかにも愉《たの》しげに輝き始めたのに気がついて、高木与一郎は一気に心配そうな顔つきになった。

だがそんな高木の表情など、まるで目には入らぬようで、小原孫九郎は見るからに勇んで立ち上がった。

「よし！　なれば、疾《と》く参るぞ」

「ははっ」

と、答えて頭を下げた高木を置き去りにして、早くも小原は出立の身支度《みじたく》を整えるためか、一足先に目付部屋から出ていった。

その「小原さま」がいなくなったのを見て取ると、高木は急ぎ、目付部屋のなかをぐるりと見渡した。

「おい、要次郎《ようじろう》！　ちと、よいか？」

「はい」

高木に呼ばれて返事をしたのは、目付部屋の奥で書類の書きつけをしていた徒目付の梶山《かじやま》要次郎である。梶山にとっては、高木は先輩格にあたる徒目付で、万事なにかと有能な、尊敬に値する古参であった。

「高木さま。何ぞ御用でございましょうか？」

書きものの手を止めてすぐに駆け寄ってきた梶山に、高木はやおら顔を近づけて、内緒話の体《てい》で話し始めた。

「今の話、聞いておったか？」

「はい」

「よし。なれば、これより表台所にいらっしゃるはずの桐野さまをお探しして、今の一部始終をお聞かせしてくれ」

「は、はい……。ですが、その……」

梶山が躊躇《ちゅうちょ》するのも、当然のことだった。この一件には、すでに「小原さま」が担当の目付として就いている。それなのに、何ゆえ他の「御目付さま」に急ぎ報せねばならないのかが判らないからである。

「……あの、桐野さまには、どのように申し上げれば……？」

「うむ。いやな……」

高木はいよいよもって梶山の耳元に顔を寄せると、また一段、声を落として、こう続けた。

「縦《よ》し、こたびの一件が『駆け込んだ』男のほうに道理《り》のあるものであれば、必ずや小原さまはそちらのお味方になられて、男を庇わんとする谷本家に助力をなさるに違いない。したがこうした一件は、武家の家政《かせい》（家内の取り仕切り）のことゆえな。我ら幕府の目付方が、どこまでどう口を挟んでよいものか難しかろう」

「いやまことに、さようにございますね……」

高木の言わんとすることがようやく判って、梶山も大きくうなずいていた。

たしかに「小原さま」には、万事なりふり構わずに、自分の信じる正義を貫き通そうとする性質《ところ》がある。自分自身《じぶん》に向けられる世間の評価も損得も顧みず、いわば猪突猛進に「正しさ」を追求する純真さは、配下である梶山たちの目から見ても、目付方にはぴったりの資質なのであろうと思われたが、そのあまりの純真さが、時折「小原さま」ご自身の進退を危うくしかけているのもたしかなのだ。

「では私、至急、桐野さまをお探しいたしまして、事件《こと》の次第をすべてお話しいたしておきまする」

「うむ。頼むぞ」

「はい」

二人はともに目付部屋を出ると、高木は小原の供《とも》の準備に、梶山は桐野を探しにと、それぞれに分かれて駆けていくのだった。

四

家禄四百石の旗本「谷本家」の拝領屋敷は、広い小川町のなかでも昌平橋《しょうへいばし》に程近い東よりの、中級の旗本家の屋敷ばかりが建ち並ぶ一画にあった。

その谷本家の門前で両家が揉めているとの報せであったため、小原は高木与一郎をはじめとした供の者らを引き連れて騎馬で向かった訳だが、いざ小原ら一行がその現場が見渡せるあたりまで近づいていくと、門前に七、八人はいた男たちのうちの半数以上が、明らかに目付方《こちら》の到着を怖れて、あわてて逃げていった。

今日、小原は当番で黒の紋付に袴を着けているから、江戸城のしきたりをある程度知っている者なら、「騒動を聞きつけて、城から目付が駆けつけてきた！」と、すぐに察しが付くのだ。

「おう、逃げおったな。あれはまあ、七千石のほうの家中であろうよ」

馬上から、いかにも「愉快」という風な小原の声が聞こえてきて、高木はまた少し困った顔になった。「小原さま」は基本、弱者の側を救おうとなさるお方である。これでもし本当に、谷本家に駆け込んだ男のほうに道理があるとしたら、いよいよもって気持ちよく、七千石の大身旗本家を相手に喧嘩を売りかねなかった。

とはいえ幕臣どうしの揉め事であるかぎり、目付方としては、一応は事件《こと》の仔細を調べて、その上で両家の家政に幕府がどの程度まで介入するべきなのかを、見定めなくてはならない。

大通りを西へと向けて逃げていく男たちの後ろ姿を眺めながら、高木は改めて小原に訊ねた。

「どういたしましょう？ 追って、今、あの者たちに話を聞いたほうがよろしゅうございましょうか？」

「いや。『七千石の皆川家』と、すでに素性は知れておるのだ。後《のち》に屋敷を訪ねて、真正面から事情《はなし》を訊けばよかろうて」

「はい。さようでございますね」

高木はうなずくと、つと道の先の、谷本家の門前に残ったままになっている数人の男たちに目を向けた。

「なれば、谷本家の屋敷内にて仔細のほどを聞けるよう、ちとあの者らに話を通してまいりまする」

「うむ。頼む」

門前にいる男たちのほうも、すでに目付方《こちら》に気がついていて、高木が自分たちに近づいてくるのを整列して待つ形になっている。

ほどなくその者らの取り次ぎで、小原は高木一人だけを引き連れて屋敷のなかへと向かったのだが、案内された客間には、すでに二人の男たちが待っていた。

「『大番方《おおばんがた》』六組にて『組頭』をばいたしております、谷本義左衛門《よしざえもん》と申す者にてござりまする」

谷本義左衛門は、四十九歳の小原と同年配と思われる、半白の髪の武士《さむらい》である。

「おう、なれば、貴殿がこちらのご当主でござるか。いや申し遅れたが、拙者、本日が当番の目付を務める小原孫九郎と申す」

「はい。卒爾《そつじ》ながら、実は以前よりたびたび遠目からではございましたが、小原さまのご尊顔は拝したてまつっておりました」

「いや、さようでござったか」

そう言って、小原は誰の目にも明らかに、すっかり上機嫌になっている。そうして自らその上機嫌を体現するように、好意的な口調で先を続けた。

「して、谷本どの。ご貴殿が『武士の情け』で保護された『駆け込み人』というのは、そちらの御仁《ごじん》でござるか？」

「はい。拙家の門をくぐられましたのは、今朝もかなり早い時分のことにてございましたが……」

言いながら谷本が、いかにも自分自身の口から話をするようにと、横にいる男に目を向けて促すと、それまでは幕府目付の小原に平伏する格好で控えていたその男が、やおら顔を上げてきた。

「拙者、小川町の二合半坂《にごうはんざか》にお屋敷のございます寄合《よりあい》旗本の皆川家にて、用人《ようにん》を務めておりました『沢井恭三郎《さわいきょうざぶろう》』と申す者にてござりまする」

「ほう……」

と、小原は目を丸くした。見るに沢井は、まだ三十を幾つか過ぎたか否かというところである。

「その若さで、用人を務めておられたか？」

小原が訊くと、

「はい」

と、沢井はうなずいて、その先を足してきた。

「けだし主家には、用人が二名おりましたので、私は末席のほうにてございました」

「さようか」

旗本家で「用人」といえば、まずたいていはその家の家臣のなかでは一等級とされている人物で、大名家でいうならば「家老《かろう》」といったところである。皆川家の家禄は七千石という話であったから、用人が二名いても不思議はなかった。

「して、沢井どの。貴殿、そうして用人までお務めの身でありながら、何ゆえご主家に追われておられるのだ？」

「…………」

と、急に目を伏せて黙り込んでしまった沢井を庇うように、横手から谷本義左衛門が答えてきた。

「同じご家中の元朋輩《ほうばい》に、今は亡きお父上や祖父君《そふぎみ》を、謗《そし》られなさったそうにてございましてな」

「謗られた？」

「はい……」

答えてきたのは、またも谷本のほうである。

「謂《いわ》れのない謗りを受けて口論となり、果ては互いに抜刀しての刃傷《にんじょう》に及んだそうにございまして、幾度か浅く斬り合われた後に、沢井どのの一太刀が相手の肩口から胸にかけてを、袈裟懸《けさが》けに斬り下げた形となって勝負が決したと……」

「して、相手は？　『斬り殺した』ということでござるか？」

「いや、それが……」

と、続けて答えようとした谷本を目で制して、小原は沢井恭三郎のほうに、改めて向き直った。

「こればかりは、ご当人にお答えいただこう。沢井どの、いかがか？」

「はい……」

沢井は小さくうなずくと、つと顔を上げて、小原と真っ直ぐに目を合わせてきた。

「私が介抱いたしました際《とき》には、はっきりと物を申しておりました」

「ほう。介抱しなすったか」

「はい。私が斬り下げました一太刀が、存外に深手となってしまいまして、私も慌てて駆け寄ったのでございますが、介抱しようといたしましたその手を、『満之進《みちのしん》』に払いのけられてしまいました……」

「『満之進』と申されたのは、そのお相手にござるな？」

「はい。『鐘山《かねやま》満之進』と申しまして、側近として奥向きの勤めをいたしておる者にてございます。私も、昨年秋に用人になります前は、満之進と同様に奥向きでご奉公をいたしておりました」

「なるほど。それで『元のご同輩』と……」

小原は大きくうなずくと、そのまま何の奇も衒《てら》わずに、いきなりずばり核心を突いた。

「して沢井どの、『謂れのない謗り』とは、いかなものにてござったのだ？」

「それは……」

言いさして沢井は目を伏せると、突然、畳に両手をついて平伏してきた。

「申し訳ござりませぬ。ですが、御目付さま、どうかそれだけはご勘弁のほどを……」

「……言われぬ、ということか？」

「はい。もう二度と、口にも耳にもいたしたくはございませんので」

「…………」

小原は眉間に皺を寄せて黙り込んだが、しばらくすると、

「相判《あいわか》った」

と、つと急に顔から険しさを一掃して、穏やかにこう言った。

「なれば、貴殿は無理をすることはない。そのあたりの仔細については、この後、皆

川家に出向いてお伺いをいたそうゆえな」

「え……」

と、小さく声を上げたのは沢井であったが、小原の後ろに控えていた徒目付の高木与一郎も、声には出さず驚いていた。

今、「小原さま」が言われたことに、たしかに間違いは一つもない。さっき沢井が、「もう二度と、口にも耳にもしたくない」と言ったから、「ならば相手の、皆川家のほうに訊ねよう」と、言葉の通り、単純にそう思われただけなのであろう。

だがこうした場合、「もう二度と、口にも耳にも……」と言った沢井の心情としては、「具体的に何と謗られたかについては、これ以上、誰にも知られたくない」ということに違いなく、「私は口に出すのも嫌ですから、よそから聞いてください」という意味ではないに決まっていた。

とはいえ、この案件を担当する目付方《こちら》としては、沢井が「何」と謗られて腹を立て、刃傷沙汰にまで発展したかについては、やはり是非にも知っておかねばならないところである。

今、「小原さま」が図らずも、あのように言ってくださったことで、このあと沢井恭三郎がどう出るかは、いわば見物《みもの》で、その言動や表情から何か真実が見えてくるかもしれないと、高木は注視し始めていた。

だが沢井は、さっき一瞬、驚いた顔をしただけで、今はもう、特には何の感情もないような淡々とした表情を浮かべている。

そんな沢井に、むろん小原自身は何の違和感も不都合も感じてはいないため、今ここでの訊問は早々にお開きとなった。

「では谷本どの、事の次第が決するまで、いましばらく沢井どのをばお任せしたいが、よろしいか？」

「ははっ」

と、谷本義左衛門も、小原の采配に「否《いな》や」はないようである。

ほどなく小原と高木は、谷本家の門前に待たせてあった供の配下たちを引き連れて、谷本の屋敷を辞すのだった。

五

さっき小原が宣言した通り、小原と高木ら目付方一行は、谷本家を出た足でそのまま大身七千石の寄合旗本である「皆川家」の屋敷を訪ねていた。

同じ町内とはいっても、皆川家があるのは広い小川町の西側の「二合半坂」と呼ばれる坂道沿いの一画である。この一帯には、敷地の面積の広い武家屋敷が数多くあり、家禄七千石の皆川家の拝領屋敷もここにあった。

今、小原は、また高木一人を供として、皆川家の客間に通されている。当主である「皆川二郎右衛門康唯《じろうえもんやすただ》」は、折悪しく留守にしているということで、応対には「上村《かみむら》稲蔵《いなぞう》」と名乗る皆川家の用人が現れた。

見たところ、五十は過ぎているようだから、さっき沢井が言っていた「上席の用人」というのが、この上村のことなのであろう。城から目付が訪ねてきたというのに、当主の二郎右衛門が留守で応対できないことを謝《あやま》って、用人の上村は、畳に手をついて頭を下げてきた。

「いや、こちらも突然に押しかけてまいったゆえ、お気に召されるな。それよりは、おそらくは貴殿とともに用人を務めていらしたという『沢井恭三郎どの』がことについて、お伺いしたいのだが……」

「沢井がさよう申しましたか？」

つと顔を上げて、そう言ってきた上村の声が、少しく険しくなっている。

「では、用人ではござらぬのか？」

「いえ、『用人でない』という訳でもございませんが、沢井は用人になってより、まだ二ヶ月《ふたつき》と経ってはございませんので」

「おう。さよう、さよう……。そういえば沢井どのご自身も、『用人とはいっても自分は末席だ』と、さよう申されておったな」

「『末席』などと……」

いささか吐き捨てるような調子でそう言うと、上村は重ねてこう言った。

「もとより二人しかおりませぬゆえ、大仰に『末席』などと、笑止《しょうし》なことにてござりまする。正直、いまだ『見習い』とも呼べぬほどにてございまして……」

「したが上村どの、実際、『見習い』と呼ばずして、何と呼ばれる？」

「…………？」

突然、妙なところで切り返しをされて、上村が目を丸くしていると、小原はまたも少なからず論点のずれた話をし始めた。

「お役に就いて、いまだ二ヶ月足らずでは、大した役に立たずとて致し方なかろう。そも『見習い』とは読んで字のごとくで、練達《れんたつ》者の貴殿の背中を見て習うておるうちに、自然、一人前にもなろうゆえ、万事大きく将来《さき》を見てやるような心持ちで、相育《あい》ててやらねばなるまいて」

「……はい……」

上村は一応は返事をしたが、内心では「この危急の事態に、一体何の説教だ？」と思っているから、ひどく仏頂面《ぶっちょうづら》である。

だがそんな上村の様子などには気づかずに、小原は話題《はなし》を戻してこう言った。

「して、肝心の『沢井どのが刃傷』の話だが、何がどうして谷本家に駆け込むに至ったものか、その経緯《いきさつ》なりとお話を伺《うかが》いたい」

「…………」

上村は一瞬、黙り込んで、何ぞ熟考していたようであったが、しばらくすると小原に目を合わせて訊いてきた。

「沢井は『何』と申し上げておりましたでしょうか？」

「『沢井どの』か……？」

「はい」

と、真剣な顔をしてうなずいてきた上村に、

「いや、上村どの。さすがに、それは先には申せぬぞ……」

と、小原孫九郎は苦笑いで、首を横に振って見せた。

「お察しくだされ。万事こうした調査《しらべ》は、どちらにも相手が何をどう言うておるかは

明かさずに、事情《はなし》を訊くのが鉄則でござるゆえな」

「………」

上村は、今度ははっきり口をへの字に曲げてきて、小原も今度は、その上村のふくれっ面に気づくことができていた。

「まあ、さようにお怒り召されるな。いやなに、『鐘山満之進』と申される御仁と揉められて刃傷に及んだと、お相手のお名については伺《うかご》うておるのでござるがな」

「それなれば、話は早うございまする。沢井はその鐘山満之進と喧嘩口論になりまして、果てはその鐘山を袈裟懸けに斬ったのでございます」

「その喧嘩口論の原因《たね》のことだが、鐘山どのとやらは、一体何を申されたのでござる？」

「………」

と、瞬間、上村の目が大きく見開かれて、次にはフッと口元が嬉しげにゆるんだのを、「小原さま」の後ろで高木与一郎が見て取っていた。

「喧嘩の原因が一体何であったかは、当人たちより他には、まるでいっこう判りませぬので……」

「なればその鐘山どのに、直《じか》にお伺いをいたそう。寝所に案内《あない》をいただければ、見舞いかたがた怪我のご様子も拝見いたし、仔細のほども伺えようゆえ」

「いえ。申し訳もございませんが、それは無理にてござりまする」

「無理？　したが沢井どのの話では、斬られた後も鐘山どのは口を利き、介抱なさろうとした沢井どのがお手を払いのけるほどに、しっかりとなさっておったと……」

「あくまでも、それは沢井が申したことにてございましょう。鐘山は、いっさい口など利けませぬ」

「口が利けぬ、とな？　では鐘山どのは、さようまでにお悪いか？」

「『悪い』などというどころではござりませぬ。鐘山は亡《の》うなりました」

「えっ、亡うなられたか？」

「はい。沢井が屋敷を逃げた後のことにてございました。医者の手当も虚しく、鐘山は息を引き取りましたので」

「いや、なんと……」

どうも、沢井の側から聞いていた話とは、だいぶ様子が異なるようである。

「『沢井どのがお屋敷を逃げた』というのは、刃傷の直後のことでござるか？」

小原が訊くと、

「はい」

と、上村はうなずいた。

「二人が口論になりましたのは、どうやら屋敷の裏庭のようだったのでございますが、刃傷沙汰があったらしいと他の者らが気づきまして、医者を呼んだり、鐘山を戸板に乗せて運んだりと、皆が大騒ぎをしている最中《さなか》に、沢井が突然、脱兎《だっと》のごとく逃げ出しまして……」

それで慌てて幾人かの者たちが、外の通りを逃げていく沢井を追いかけて、小川町の東端にあった谷本家の屋敷内に駆け込んだのを目撃したということだった。

「何でもちょうど谷本家のご家中の誰ぞが外出《そとで》からお戻りになり、潜《くぐ》り戸を通ろうとしていたそうにございまして、そこに横から沢井めが割り込んで、ともに屋敷内《なか》へと入ってしまいましたそうで」

「なるほどの……」

小原は大きくうなずいた。

「ではやはり、沢井どのが谷本家に駆け込まれたのは偶然で、最初《はな》から谷本家を頼りに、東へと逃げていた訳ではないのでござろうな」

「さようでございましょう。それゆえどうして谷本家の皆さまが、何の関わりもない沢井を庇われて、こちらにお返しいただけぬものか、とんと理由が判りませんので」

上村は、沢井を返さぬ谷本家をはっきりと非難して、もう憤慨を隠すつもりもないようである。

その上村の様子に、小原は目を丸くした。

「いや上村どの、こたびのこれは『駆け込み』ぞ。駆け込んできた者が、たとえ見ず知らずの赤の他人であろうと、武家がひとたび『駆け込み人』を邸内に入れたとなれば、その者を保護して守るのは『武家の慣習《ならい》』というものでござろうて」

たしかに小原の言う通り、古来、武士には「自分をひとかどの武士と見込んで『助けて欲しい』と誰かが頼ってきた際には、保護するにあたっていかなる不都合があろうとも、必ずや守り抜いてみせる」という、戦《いくさ》を生業《なりわい》にする者たち特有の慣習のようなものがあった。

「こたびが谷本どのも、そうした武家の慣習《ならい》に則《のっと》って、沢井どのをば保護しておられるだけであろうよ」

「ですが、やはりそうした慣習《もの》は、古《いにしえ》のものにてございましょう。今の時世に、実際、さように無駄な愚行を……」

「愚行？　貴殿、今、『愚行』と言われたか？」

小原の表情が一気に険しくなったのに気がついて、上村は、急いで口を噤《つぐ》んだようだった。これまでは大身七千石の家柄を背景に、役高千石の目付をいささか軽んじる形で、慇懃無礼《いんぎんぶれい》を丸出しにしていたのである。

その上村も、さすがに「これはまずい……」と思ったのであろう。

だが「時すでに遅し」である。もとより小原は「武家の意地や信条」を尊いものとして、自らを律して暮らしている性質《たち》だから、古来よりのそうした武家の慣習を「無駄な愚行」と切り捨てた上村に、腹を立てずにいられる訳はないのだ。

「貴殿、何を申されておるのだ？　武士たる者の『本来の在り様《あよう》』に、古も現在《いま》もござらぬぞ！　ことに上様の直臣《じきしん》である旗本家の者が、さように意気地のなきことを申されては、諸藩の手本にならぬではないか」

「……申し訳ございませぬ」

幕府の目付をはっきりと怒らせてしまい、上村もおとなしく謝りはしたものの、さりとて、やはり自分が間違っているなどとは思っていないようである。両手をついて頭を下げたその横顔が、ふくれっ面のままになっているのを、高木与一郎は見逃さなかった。

そうして結局、事態はほぼ何も変わらないまま、目付方一行は皆川家を後にするのだった。

六

翌日の夕刻のことである。

高木は目付の「桐野さま」を訪ねて、内密で目付方の下部屋《した》にて、こたびの「駆け込み」の一部始終を聞いてもらっていた。

「え？　いや、なれば、谷本家の家中のほうも、当主以外は『手を引きたがっている』ということか？」

「はい……」

今、高木が報告したのは、「谷本家の本音」ともいうべき内情についてである。

家禄四百石の谷本家の当主は、今年で五十一歳になった谷本義左衛門で間違いはないのだが、『大番組頭』を務めている義左衛門のほかにも、長男で二十六歳の「則之《のり》助《すけ》」という次期当主が、すでに『書院番方《しょいんばんがた》』の番士として四年前から出仕しており、一昨年には嫁ももらって、すでに赤子も生まれているため、義左衛門が隠居する気になった際には、いつでも家督相続ができる状況になっているそうだった。

「そんな事情でございますから、谷本家の家政は、すでに半《なか》ば嫡男《ちゃくなん》の則之助がほうに移りつつあるようで、こたびの一件につきましても、則之助は『谷本家の今後のためにも、早々に手を引いたほうがよいのではないか』と、案じているそうにてございまして……」

小原ら目付方から訪問を受けた際、則之助は書院番の勤めで出仕していて留守だったため、あとで「駆け込み」の一部始終を聞いて仰天し、家臣の者らとも相談のうえ、小原の供として訪れていた徒目付の高木のほうに、谷本家の本音を伝えに来たという訳だった。

「七千石の大身に喧嘩を売って、万が一にもこの将来《さき》の出世に何ぞか響いてはたまらないと、そう思ったのであろうな」

「はい。『本当は、すぐにも沢井どのをお返ししてしまいたいが、そういう訳にもいかぬから……』と、どうも困っておりますようで」

もとより現当主の義左衛門自身は、「武家の意地にかけても、沢井どのは守り通す」と息まいていたらしく、そこに小原に「沢井どのを頼む」などと言われたものだから、

「やはり、こちらが正義だ！」と、皆川家をはっきり敵にまわしかねないほどの勢いであるという。

「まあ、そうなろうな……」

ため息まじりにそう言ったのは、桐野仁之丞である。

「はい……。ですが実際、小原さまに、何とご報告をいたせばよいものか、どうにも判断がつきませんで……」

「さようさな」

たしかに今の話をそのまま報告してしまったら、小原は烈火のごとく怒り出して、「他家との面倒を怖れて、駆け込んできた者を無慈悲に放り出すとは、何たることだ!」と、即座に谷本家の則之助のもとへと説教に走るに違いない。

「したが、その倅《せがれ》どのの気持ちも、判らないではないからな」

「はい。せめてこれが親類縁者や知己なれば、損を承知でどこまでも庇うということもございましょうが、見ず知らずの赤の他人でございますゆえ」

「うむ……」

ことに今回などは、外出先から戻ってきた谷本家の者が潜り戸を抜けて入ろうとした際に、横手から一緒に飛び込まれてしまったのだから、実際「入れる」か「入れない」かを選択する余地もなかったことであろう。

だがそうして、いわば「出会い頭《がしら》の事故」のような形で、半ば無理やり屋敷のなかへ駆け込まれてしまった場合でも、「武家の慣習《ならい》」とやらに則れば、保護してやらなければならない。

ただし保護するべきは、駆け込んできた者に正義がある場合のみだった。

「して、どうだ？　こたびは、その『沢井』とやらに正義はあるようか？」

「それがどうにも、一等、肝心なところがよう判りませんので……」

高木はいかにも相談を持ちかけるという風に、素直に困った表情を見せた。

「沢井が誰とどういう形で刃傷沙汰を起こしたかにつきましては、沢井にせよ皆川家にせよ隠すつもりはないようで、双方の話を突き合わせましても、さしたる喰い違いはないようにございますのですが……」

これまでに沢井の側からと、皆川家の用人・上村の側から聞いた事情聴取の内容を、高木はすべて桐野に報告した。

「けだし、双方、なぜ口論になったのか、その原因《もと》につきましては、頑《がん》として話そうとはいたしませんので」

今は亡き父親や祖父を謗られて、「その誹謗中傷の内容を口に出したくない」という沢井の気持ちは判らないでもないのだが、皆川家の用人である上村までが、それを目付方《こちら》に隠そうとしている理由が判らない。

「したが与一郎、沢井が斬った相手が亡《の》うなったというのなら、たしかに上村の言うように、口論の理由が判らんでもおかしくはなかろう」

「はい。ただ実は、私、沢井が斬った『鐘山満之進』なる者が、本当は存命なのではないかと疑《うたご》うておりまして」

「生きておるのか？」

身を乗り出してきた桐野に、高木は小さくうなずいて見せた。

「昨日、皆川家の屋敷より退出いたしました際に、皆川家の人の出入りを見張らせるため、近所の辻番所に二人ほど残してきたのでございますが……」

そのまま人員の交替をさせながらも、昼夜通して見張りを続けさせてあるのだが、今日昼過ぎにそちらから高木に向けて報告が入り、今朝早く、皆川家に医者が出入りをしていたことが判明したのである。

「皆川家より出てきた医者を尾行《つ》けましたところ、麴町《こうじまち》の三丁目に住まう町医者にてございましたそうで、近隣の町人らの話では、ことに『金瘡医《きんそうい》（刀傷の専門医）』として評判が良いそうにてございました」

「ほう……。なれば、そなたの見立ての通り、『鐘山満之進』とやらは生きておるのやもしれぬな」

「はい。もとよりこれまでのところ皆川家に、寺の坊主が出入りをした様子もございませんので、屋敷内に葬儀が出たとは思えませぬ。つまりは、いまだ鐘山は存命だということで、それを何ゆえ用人の上村は、『鐘山は亡うなった』などと嘘をつきましたものかと……」

そこまで言った高木のあとを、桐野が引き取ってこう続けた。

「おそらくは沢井と鐘山が揉めた理由を知っていて、それを目付方《こちら》に隠そうといたしたのであろうな」

「はい……」

それが何かは判らないが、どちらにしても世間や幕府に知られたくないことなのだろう。

だが目下、高木の一番の懸案事項は、今のこうした一部始終を「小原さま」に報告すべきか否かということだった。

「それであの、桐野さま、先程の小原さまへのご報告の件なのでございますが……」

「うむ……。まこと、『そこ』よの……」

桐野も隠さず困った顔をそのままに見せていたが、しばし沈思した後で、意を決したように言い始めた。

「おそらくは、そなたより報告《はなし》を聞くやいなやに激怒されて、『死んだというは虚言《たばかり》か？　真実《まこと》を申せ！』と、皆川家へと事の真偽を問い質《ただ》しに押し入っていかれるであろうが、それでもやはり小原さまには、すぐにもすべてご報告申し上げたほうがよかろうな」

「桐野さま……」

と、目を真っ直ぐに合わせてきた高木与一郎に、桐野は励ますように、一つ大きくうなずいて見せた。

「もとより、こたびがような武家の家内《いえうち》があれこれ絡《から》む案件は、我ら目付方《めつけがた》が外からどこまで踏み込んでよいものか、線引きが難しいゆえな。縦《よ》し、こたび小原さまに目付としては『職域外《いきすぎ》』のご様相を感じて、どうにもまた案じられてきたら、すぐに私を呼んでくれ。いざともなれば、私がこの頭を下げて小原さまにお願いし、必ずやお止めいたす」

「桐野さま……。お有難うござりまする」

「うむ」

こうして徒目付の高木与一郎はようやく何の迷いもなくなって、さっそくに小原のもとへと報告に向かったのだった。

七

桐野が予想した通り、高木から報告を受けた小原は烈火のごとく怒り出して、「これよりすぐに皆川家へ、真偽のほどを問い質しに向かう！」と言い出した。

すでにもう、日も暮れようかという時分のことである。

急ぎ支度を整えて江戸城を出立し、小川町の二合半坂にある皆川家の屋敷に着いた時には、すでにあたりは宵闇に包まれていた。

皆川家の玄関口で訪《おとな》いを入れるにあたり、すでに小原は、自分の不機嫌も怒りも隠さずに、

「先般、用人の上村どのから『鐘山満之進どのは亡うなられた』と伺うたが、貴家ではいまだ葬儀も行うてはおられぬうえに、麴町より『笠井相庵《かさいそうあん》』なる金瘡医なども出入りいたしておるようでござるが、どういうことだ？」

と、応対に現れた若党を相手に早くも詰め寄ってしまったため、「相済みませぬ。どうか少々、お待ちくださりませ」と、顔色を青くしたその若党に頭を下げられたきり、玄関先でだいぶ待たされるはめになった。

その不機嫌極まりない「小原さま」に、供として付き添っていたのは、高木与一郎である。

小半刻《こはんとき》（約三十分）近くも待たされた後に、ようやく小原と高木が通された客間の大座敷には、この家の当主であるという皆川二郎右衛門康唯と、その主人の後ろに半ば隠れるようにして控えている用人の上村とが待っていた。

高木があらかじめ調べたところによれば、二十五歳の現当主・皆川二郎右衛門は、まだわずか十歳の時に先代の当主であった父親を亡くして、皆川家の家督を継いだのだそうである。十六の歳でもらった嫁との間に、すでに子も二人生まれており、皆川家の将来《ゆくすえ》は、まずは盤石《ばんじゃく》なようだった。

その二郎右衛門は、なかなかに精悍な顔立ちをした偉丈夫《いじょうぶ》で、いかにも目付方《こちら》に対して「身構える」といった様相で向かい合っている。

それでも二郎右衛門があらかじめ着いていた席は、この座敷のなかでは下座《しもざ》にあたる場所であり、城から来た目付に敬意を表する形で、きちんと上座《かみざ》を残していたようだった。

これは正直、めずらしいことである。基本、大名や大身旗本は、役高でいえば千石高にすぎない目付を「目下扱い」にして、自分より下座に着かせることがほとんどなのだ。

お互いに名乗り合っての挨拶を済ますと、皆川二郎右衛門は先手を打つようにこう言ってきた。

「先般《せんぱん》は、ここに控えおります用人の上村めが、くだんの鐘山満之進をすでに亡き者がように申し立ててしまいましたようで、まことにもって申し訳もござりませぬ」

二郎右衛門はきちんと敬語を使い、一応は真摯に嘘を詫びようとしているようである。その姿勢がとりあえずは気に入って、小原は少しく穏やかになった。

「なれば『鐘山満之進どの』とやらは、やはり存命なのでございますな」

「はい。昨日はちょうど私が親戚筋の法事に出ておりましたもので、当主が留守中の刃傷沙汰にどう対処いたせばよいものか焦るあまりに、ついああして『とりあえず当主の指示を待つ間は……』と、嘘を申す形となったようにてございまして」

「ふむ……。まあ、さような次第でござれば、こたびばかりは御上《おかみ》を相手に虚言《たばかり》を申されたことについては、あえて不問といたしましょうが」

小原はそう前置きすると、さっそくに目付方としての訊問を始めた。

「これよりは、万事、偽りのない真実《まこと》のところをお話しくだされ。まずは何ゆえ沢井どのが刃傷にまで至ったものか、口論の理由にてござるが……」

「いえ、小原さま。それはもう……」

皆川二郎右衛門は手の平を小原に向けて押し止めるような形を見せると、毅然とした表情で先を続けた。

「そもこたびの一件は、当家の家内《いえうち》のことにてござりまする。家臣どうしの諍《いさか》いをどう収めるかにつきましては、当家の法に則り、家長である私がすべて定めることにてございますので」

つまりは皆川家の問題に、外部から口を出すなということであろう。

ここに来て皆川二郎右衛門は、大身七千石の威圧感を全開にして、役高たった千石の目付を上から押さえにかかってきたのである。

だが小原には、もとよりそうした威圧感などは、まるで効力がないようだった。

「したが、こたびは『駆け込み』でござりまするぞ」

何の遠慮も屈託もなく、小原は反論してこう言った。

「皆川さまのお屋敷内《うち》ですべて諍いが済んだというなら、おっしゃる通りにございましょうが、すでに沢井どのは他家へと駆け込んで、そちらに保護されておられる。そのお相手の谷本家に相対《あい》しましても、すべてを貴家の一存でどうこうする訳にはまいりますまい」

「なれば谷本さまには改めて、当家よりお詫びとお礼を兼ねてご挨拶に伺いまする。その上で逃げた沢井につきましては、もう当家とはいっさい関わりのなき者として、煮るなり焼くなり、谷本さまのご随意に処していただけましたら……」

「黙らっしゃい！」

突然の小原の一喝に驚いて、皆川家の二人ばかりか、小原の後ろに控えていた高木までが目を丸くした。だがそんな一同の様子など、小原が気にする訳はない。二郎右衛門が七千石の当主であることなど構わずに、続けて怒声を響かせた。

「貴殿、こうした『駆け込み』を、一体、何と心得ておられる？」

まだ二十五歳の皆川二郎右衛門を相手に、小原はまるで親戚の伯父《おじ》か何かのように、滔々《とうとう》と説教をし始めた。

「武家はいったん『駆け込み』をされたが最後、己《おのれ》がほうに損があろうが、不都合があろうが、必ずや守ってやらねばならぬのでござるぞ。そうして損を承知で庇うのであるから、何ゆえに『駆け込む』次第となったのか、そこに正義はしっかりあるか、是非にも知る権利はござろう？　違うか？」

「………」

説教を受けている間、二郎右衛門は静かに深く目を伏せていたが、聞き終えてつとその目を上げてきた。

「まこと、さようにございますね……」

まるで自分に言い聞かせるようにそう言うと、二郎右衛門は背後にいる用人の上村のほうへと振り返った。

「悪いが、しばし席を外してくれ。小原さまに、ちと相対《あいたい》で聞いていただきたきことがあるのだ」

「ですが、殿……！」

なぜ用人の自分を人払いにかけるのかと、文句を言いたげな上村の様子を見て取って、徒目付の高木与一郎が、小原の後ろで気を利かせて言い出した。

「なれば小原さま、私も上村どのとご一緒に失礼をいたしまする」

「うむ」

「では、上村どの……」

有無を言わさぬ調子で促すと、そのまま高木は上村を伴って、座敷の外へと出ていった。

残されたのは、小原孫九郎と皆川二郎右衛門である。

そうして無事に二人きりになると、二郎右衛門は改めて小原に頭を下げてきた。

「隠し立てをするような真似をいたしまして、まことにもって申し訳もございませぬ。けだし口論の原因《もと》と申しますのが、私の父にあたります今は亡き先代当主の『癖《へき》』に関することにてございましたので」

「癖、とな？」

「はい……」

二郎右衛門はうなずいて、小原から視線をそらすように目を伏せた。

「癖」というのは他でもない、性癖のことだそうである。十五年前、まだ二郎右衛門が十歳の頃に病死した先代当主の皆川康兵衛忠須《やすべえただもち》は、正妻のほかに側室を二人持ってはいたが、その他にも、側近の若年の家臣に幾人か、気に入りの小姓などがいたというのだ。

「かくいう私も、正妻の腹からの嫡子ではございません。けだし男子は私のみにございまして、上は三人、姉ばかりにてございましたので……」

だがそのことが十五年前、急病で危篤状態となった先代の跡を誰が継ぐのか、家督相続争いの元凶になったという。

「三人おります姉のうちの二番目だけは正妻の腹にてございますのですが、他家へと嫁して幾十年か経っておりますゆえ、子もそれなりにございまして……」

次姉の産んだ三男で当時十四歳であった男子を、皆川家の養子にして跡を継がせたらどうかと親戚の一部が言い出して、親戚のなかでも二郎右衛門を推す者らとの間で、結構な対立になったそうだった。

「その際に私のほうに味方して、『万が一にもご夭逝《ようせい》などなさらないよう、私が命に代えてもお守りをいたしますので……』と、親戚たちの説得に駆けまわってくれたのが、沢井の父親でございました」

「沢井どのの父御《ててご》、でござるか？」

「はい。『沢井省吾郎《しょうごろう》』と申しまして、当家で用人をいたしておりました」

当時、沢井省吾郎は四十二歳、省吾郎の嫡男で「二郎右衛門の子守り役」をしていた沢井恭三郎は十七歳であり、この沢井父子が、まだ十歳の二郎右衛門をがっちりと守って、皆川家を支え続けてくれたそうだった。

「ほう……。それゆえ沢井恭三郎どのはあの若さで、用人を務められておる訳でござるな」

「はい。二ケ月《ふたつき》前、用人に名を連ねるまでは、側近の若党として相務めておりました」

残念なことに父親の省吾郎のほうは、一昨年の冬、流行《はや》り風邪をこじらせて亡くなってしまったが、病に倒れる直前まで用人として、まだ若い二郎右衛門を支えて皆川家のために力を尽くしてくれたという。

「ただそうして私が省吾郎や恭三郎に甘えて、何かと頼りにしておりましたことで、あの二人が他の家臣のやっかみを買う羽目になったのやもしれませぬ……」

「おう、なればこたびも、そうしたものが火種に？」

「はい。おそらくは、新たに用人に取り立てられた恭三郎に対するやっかみがそうさせたのでございましょう。実は沢井と鐘山の口論を、裏庭の掃除をしていた中間が耳にいたしておったのでございますが、鐘山は、今は亡き沢井の祖父や父親を誇りまして、『御物《ごもつ》あがり』と申しましたようでございまして……」

「御物あがり？　いや、何と……！」

聞いて、小原も目を丸くした。

御物あがりというのは、まだ年少の頃に、多くは側近の『小姓《こしょう》』として主君の寵愛を受けた家臣が、長じて後に出世して、その主家で重職を務めるようになった場合に、周囲から羨望と蔑視を受けて呼ばれる陰口のようなものである。

「殿の閨《ねや》にまで侍る愛玩物の『御物』が、その寵愛を背景にのし上がった」という風な意味合いで、鐘山はその「御物あがり」という言葉を、沢井の父親や祖父にあてて使ったということだった。

「沢井どのの父御らに、そうした事実はあったのでござるか？」

小原がそのままに訊ねると、二郎右衛門も隠すことなく、うなずいてきた。

「先程ちらと申しましたが、私の父でありました先代の当主には、そうした性癖《へき》がございましたので」

「では沢井どのの父御が、ご先代の寵愛を？」

「いえ、どうやらその前の、沢井の祖父の時代から続いていたようにてございます。沢井の祖父は『佑太郎《ゆうたろう》』と申したそうなのですが、父よりは三つほども歳下で、十四、五の頃より小姓に就いておりましたようで……。私が生まれる前に、四十幾つかで亡うなったそうなのですが、さすが沢井の家の者だけあって、小姓から用人の職に上がって後も、それはもう有能であったと……」

「ほう……。して、その佑太郎どのの息子である省吾郎どのも、ご先代の小姓になられたという訳でござるな」

「はい。やはり十四で小姓となったそうにてございます。他の古参の家臣の話では、年少ながら万事に気の利く省吾郎を気に入って、父の可愛がりようも大変なものでありましたそうで」

「なるほどの……」

小原は大きくうなずいていたが、つと、つるりとこう言った。

「したが、なぜ、さようなことを隠される？」

「え……？」

今の言葉の真意が判らず、二郎右衛門が目を合わせて見つめると、小原は何の屈託もない表情で、こんな風に言ってのけた。

「そも小姓が主君と心身を一体にいたすことなど、古来より、ようあることではござらぬか。百年昔の、いまだ戦の世が近しかった頃などは、そうして一心同体となった主君に先立たれた暁には、小姓がその後を追い、殉死を相果たすということも、ごく当たり前にあったそうにてござるぞ。それをいちいち、『御物あがり』なんぞと言い立てるゆえ、おかしなことになるのでござろうて」

「………」

親のような年齢の、それも『目付』に、思いもかけずこんな風に言われて、二郎右衛門はいささか拍子抜けしたような心持ちになっていた。

自分がまだわずか十歳の頃にいなくなってしまった父親であるから、実際、どんな顔立ちで、どんな性格であったのか、鮮明に思い出せる訳ではない。「男女を問わず、とにかく色を好んだ」という性癖に関しても、義母である正妻や、実母や姉たちから、少なからず批判めいた口調で聞かされてきただけで、父が誰かをことさらに寵愛している場面を直《じか》に見たという訳でもないのだ。

だが一つ、沢井恭三郎や省吾郎のことを思う時、二郎右衛門は沢井父子に「申し訳ない」という気持ちになった。

家臣であれば、それが「閨《ねや》の供」であっても、主君の求めに従わない訳にはいかないであろう。だがもし自分が恭三郎の立場であったとしたならば、「自分の父親が男性《おとこ》の相手をさせられていた」などと耳にするのは、嫌でたまらないに違いなかった。

十歳で父を亡くしたその後は、沢井省吾郎が後見役として、幕府や他家、親戚とのあれこれ難しい交際を上手くこなしてくれる一方で、その息子の恭三郎のほうは幼少の当主であった自分を昼夜の別なく見守って、辛い時も愉しい時も、常にそばにいてくれたのである。

そんな唯一無二の存在である沢井家の者たちを、今は亡き自分の父が「主君」の名のもとに穢《けが》し続けてきたような気がして、以前からずっと申し訳なく思っていたのである。

そこを今、目付の小原孫九郎に「ようあることだ。なぜ隠される?」と、さらりと言われて、皆川二郎右衛門は急に心が軽くなった。

「小原さま」

二郎右衛門は居住まいを正すと、やおら畳に両手をついて、頭を下げた。

「事を分けてお願いいたしたき儀がござりまする。どうか、ご助力のほどを……」

「皆川さま……」

突然に平伏してきた七千石の若い当主を、小原はただ目を丸くして見つめるのだった。

八

それからまだ半刻と経たないうちのことである。

皆川家の屋敷を辞した小原ら目付方一行は、その足で、同じ小川町内の東側にある谷本家を訪れていた。

今、小原は高木一人を供として、谷本家の客間に通されている。眼前には、すでにくだんの沢井恭三郎が呼び出されていて、その横には、この家の当主である谷本義左衛門と、その息子の則之助も並んで控えている。

その義左衛門ら父子もいる前で、小原はさっき皆川二郎右衛門から聞いてきた一部始終を、話して聞かせたのである。

「いや、さようなご事情でございましたか……」

まず口を開いてきたのは義左衛門であったが、まさか「御物あがり」などという言葉が出てくるとは思わなかったのであろう。沢井の気持ちを推し量ってか、それきり何も言えなくなっている。

一方で沢井自身は、少しく目を伏せていた。

「沢井どの」

「はい」

と、顔を上げてきた沢井恭三郎に、小原は真っ直ぐ目を合わせてこう言った。

「貴殿が隠して言わないでおるものを、こうして横からすべて話してしもうたが、そこはご承知いただけような?」

「はい。もとよりこうして谷本さまにご迷惑をばおかけしておきながら、肝心の仔細が話せず心苦しゅうございましたので、かえってほっといたしました」

「おう。なら、やはり、万事、皆川家《おいえ》のためを思うて、話せずにおられたのでござるな」

横手からそう言ってきたのは、当主の義左衛門である。

だが、それに答えて沢井は、

「いえ……」

と、小さく首を横に振ってきた。

「今でこそ、まことさように思いますが、谷本家《こちら》に駆け込んでまいりました当初は、ただもう自分のことばかりで、鐘山に言われたことが許せぬだけにてございました。けだし、こちらで皆さまに本当に良うしていただきまして、だんだんに己《おのれ》のいたしたことが、恥しゅうなってまいりまして……」

「ほう。恥しゅうなられたか？」

訊いたのは、小原である。

「はい」

と、沢井はうなずくと、改めて小原や谷本家の父子に向けて、ていねいに畳に両手をついて頭を下げてきた。

「短慮にも騒ぎを起こし、皆々さまにかようにご面倒をばおかけしてしまいまして、今では『何と浅はかであったことか』と、心底悔やんでおりまする。まことにもって申し訳も……」

本当に後悔しているのであろう。平伏した形のまま、沢井は頭を上げようとはしない。

そんな沢井の背中を見下ろしながら、小原は断じてこう言った。

「『覆水盆《ふくすいぼん》に返らず』の喩《たと》えの通り、そなたが主家に帰参できる希望《のぞみ》はない。鐘山どのは命ばかりは取り留めて、どうにか飯も喰えるようにはなられたそうだが、医者が申すに『斬り下げられた左の肩は筋を断たれておるゆえ、元のようには動かんだろう』ということでな」

「さようにございましたか……」

沢井は平伏したままだから、沢井の顔に鐘山への詫びの表情が浮かんでいるのか否か、そこのところは判らない。とはいえ鐘山がほうも「御物あがり」などと、口汚く罵ったのであるから、こうした結果になったとしても仕方ないのだ。

「『喧嘩両成敗』ゆえ、鐘山どのも、おおよその怪我が治って普通に立ち歩けるほどの身体にまで戻ったら、そなたと同様、皆川家《おいえ》から暇を出されるそうだ」

「はい……。いずれ私も鐘山も、そうなろうとは思っておりました」

沢井恭三郎は、顔を伏せたまま言ってきた。

「そも主家は、諍いで抜刀《ばっとう》するのを禁じておりましたゆえ、こたび刃傷に及んだ時点で、私は覚悟いたしておりました。鐘山にいたしましても、私同様、刀を抜いて斬り結んでいたのでございますから、諦めてもおりましょうかと」

「うむ。そうしてご覚悟があるなら、ようござるが……」

言いさすと、今度は小原は、この屋敷の当主である谷本義左衛門のほうへと真っ直ぐに向き直った。

「谷本どの」

「はい」

「実は皆川家のご当主より、こちらをお預かりしてまいりましてな……」

そう言って小原が差し出したのは、いかにも金子《きんす》であろうと見える袱紗《ふくさ》の包みである。一同の視線を集めながら小原がその袱紗を開いて見せると、なかに入っていたのは、二十五両ずつ束ねられた小判の紙包みが四つ、合わせて百両もの金子であった。

「いや、これは……！」

そう言ったきり、あまりに驚いて二の句が継げない義左衛門にうなずいて見せると、小原はさっき皆川家で、当主・二郎右衛門に頭を下げて頼まれたことについての話をし始めた。

「実は皆川どのにおかれては、こたび谷本家《こちら》が沢井どのの『駆け込み』を許して、こうして庇《かば》うてくだされた事実《こと》に、いたく恩義を感じておられましてな……」

もしあの時、谷本家が、「今、貴家に駆け込んだ男を、即刻、返していただきたい」という皆川家からの追手の要請に従って、沢井の身柄を引き渡してしまっていたら、今頃、沢井恭三郎は切腹になっていたかもしれないというのだ。

「え？『切腹』にございますか？」

驚いて思わず横から口を出してきたのは、谷本家の次期当主・谷本則之助であったが、それに応えて厳しい声を出したのは、小原ではなく、父親の義左衛門であった。

「今さら何を驚いておるのだ？ さようなことなど、沢井どのが駆け込んでまいられた当初から、おおよそ見当はついていたではないか」

「いや……。なれば父上は、それゆえ沢井どのをお返しせずに……？」

「当たり前だ。第一、沢井どのとて『そうしてただ型通りに罰せられるのは不当だ！』との信条がござるゆえ、こうして他家へと駆け込んでこられたのであろうからな」

今、義左衛門が「型通り」という言葉を使ったが、たしかに大名家や大身旗本家のように大人数の家臣を抱えている武家では、雑多な男たちを束ねるために、あれこれと制限や禁止事項を明確に設けて、それをいささか「型通り」に厳重に守らせているところが多い。

たとえば今回の一件にしても、大身七千石の皆川家では、喧嘩になった理由や経緯はどうあれ、刀を抜いて相手に向けたら、即、禁令に背《そむ》いたことになるのだ。

「さように厳しゅうございましたか……」

思わず素直に口に出してきた則之助に、義左衛門が父親らしくこう言った。

「谷本家《うち》とてわずか四百石だが、同様に何ぞかあれば、その際は儂《わし》やおまえが裁断を下さねばならんのだぞ。『明日は我が身』と思うて、心せねばならぬ」

「はい……」

四百石高の幕臣旗本家の場合、用人や若党といった侍身分の家臣は三、四人もいればいいほうだから、これまでは、たいして揉め事らしい揉め事も起きなかったに違いない。この若い次期当主も、こうして「自家《じけ》を治めることの難しさ」を折につけ一つずつ学んでいくことであろうが、幸いにも谷本家《ここ》には「武士としての心得」を立派に体現して、息子を導かんとしている父親が存在するから、将来《さき》も安泰であるだろう。

幕臣を監察・指導する目付として、小原は頼もしく谷本父子の会話《はなし》を聞いていた。

「いやな……」

横手から父子の会話に分け入ると、小原は話し始めた。

「ことに、こたびは鐘山どのが元の身体に戻れぬほどの深手を負っておるゆえ、『ただ暇を出すというだけでは、他の家中の者らが納得せぬに違いない』と、二郎右衛門どのはそう申されてな」

それゆえ皆川家の者らが手出しすることのできない「他家の屋敷」に沢井が匿《かくま》ってもらえたことで、こうして沢井の命を守ることができ、「谷本さまには、いくら感謝をしてもしきれるものではない」と、二郎右衛門は何度も繰り返していたという。

その感謝の気持ちとして谷本家《こちら》にお渡しできるのがこんなはした金で、まことにお恥ずかしいかぎりだが、他の家中の者らの手前、堂々と皆川家の勘定方《かんじようがた》に命じて金を調達する訳にもいかず、「当主自身が何かの折に使うもの」として手元に置いてあったこの百両しか、動かすことができなかったということだった。

「それゆえ沢井どのに持たせてやれる金子がないと、二郎右衛門どのはいたくご心痛の様子でな。『恭三郎に、せめて……』と、これをお預かりしてきたのだが……」

そう言って、小原が沢井に渡してきたのは、一振《ひとふ》りの脇差《わきざし》であった。

「やっ、それは殿の『守り刀』の……!」

「さよう。二郎右衛門どのご誕生の際に、守り刀としてご先代から贈られた『繁慶《はんけい》』の脇差だそうにござるが……」

今、小原が口にした「繁慶」というのは、三河国《みかわのくに》の生まれの刀工「小野《おの》繁慶」のことである。繁慶は晩年の家康公《いえやすこう》にも仕えた名工で、ことに繁慶が拵《こしら》えの脇差は逸品ばかりで、刀剣好きの武家たちの間では、垂涎《すいぜん》の的となっている。

その繁慶作の折り紙（鑑定書）付きの名刀を、「是非にも恭三郎に渡してやっていただきたい」と、二郎右衛門は小原に託してきたのだ。

だが沢井は、差し出されてきた脇差には手も触れずに、

「いえ、とんでもございません！」

と、激しく否定して言ってきた。

「重ねてご面倒をばおかけして申し訳もござりませぬが、どうかこのまま殿のもとへとお戻しくださりませ。この『繁慶』はご先代さまより賜った、殿の大事な守り刀でございます。とてものこと、私ごときがいただく訳にはまいりませぬ」

「いや、待たれよ、沢井どの」

そんな沢井のもとへと膝行《いざ》り寄ると、小原孫九郎は手を伸ばして沢井の肩を優しく叩いた。

「二郎右衛門どののお気持ちを、よくよくとお察しなされよ。貴殿がこれを受け取らなんだら、二郎右衛門どのは救われぬぞ」

「………！」

と、目を見開いてきた沢井恭三郎に、小原は一つ、うなずいて見せた。

「そも二郎右衛門どのは、貴殿をここまで追い込んだのはご先代や自分だと、ひどくご自身を責めておられる……」

こたびの鐘山との刃傷沙汰も、そもそもは先代であった自分の父親の性癖が元凶になっている訳で、そうした過去がなければこんなことにはならなかったという思いがあるのだが、さらに加えて二郎右衛門にはもう一つ、悔やんでいることがあるというのだ。

「幼き頃よりの気安さで、つい何かと沢井どのばかりを頼っておられたが、そのことが他のご家中らの反感を買う原因《もと》となり、鐘山どのもそれでよけいに口汚く絡んできたのではないか、とな」

「殿が、さように……？」

「うむ。つまりはここで貴殿が辞退などいたせば、二郎右衛門どのは、生涯、負い目を感じられるということだ」

「………」

くっとうつむいた沢井恭三郎の眼前に、小原は再び脇差を押し出した。

「この先も、遠くより二郎右衛門どのをお守りするつもりで、この『繁慶』をお守りなされたどうだ？」

「……はい……」

押しいただくように沢井は脇差を受け取ると、そのままそっと両手で胸に抱え込んだ。

丸めた肩がかすかに震え始めたようだから、嗚咽《おえつ》を漏らさぬよう懸命にがまんしているのかもしれない。

そんな沢井を谷本父子に託して、小原は供をしていた高木とともに谷本家の屋敷を後にするのだった。

九

半月ほどが経ったある日のことである。

その日、目付方の当番は久しぶりに小原と桐野の組み合わせで、話題《はなし》は自然、先日の「駆け込み」の一件についてとなった。

「して小原さま、その後、沢井恭三郎はいかがいたしましたようで？」

桐野が訊くと、小原はにっこりとこう言ってきた。

「いやそれが、谷本義左衛門どのがお屋敷に『新参の若党』として正式に、ご奉公いたす次第となったそうでな」

「やはり、そうなりましたか！」

明るい声を上げてきた桐野に、小原も上機嫌でうなずいて見せた。

「まあ、もとより沢井どのは、七千石の皆川家をまとめて用人をいたしておったほどの御仁ゆえな。人物が良いうえ、気も利いて、今日などは、中間や下男たちに混じって薪《まき》を割ったり掃除をしたりと、実に甲斐甲斐《かいがい》しく立ち働いておったそうだ」

「さようにございましたか……。なれば、ほかの谷本家のご家中らとも揉めることもございますまい」

「うむ。義左衛門どのも、『いずれは嫁も取らせて、子々孫々、谷本家《うち》で相勤めてもらえるよういたすつもりだ』と、そう言ってくだされてな」

「え……？　では、その『沢井恭三郎』は、いまだ妻帯してはおらなんだのでございますか？」

「ああ。十歳《とお》で当主《あるじ》となった二郎右衛門どのを支えるのに精一杯で、自分のことなど後まわしになっていたらしい」

「なるほど……。皆川さまがご自身の守り刀を渡してやりたくなるのも、道理というものでございますね」

「うむ。実は先日、二郎右衛門どのにも、沢井どのが正式に谷本家の若党となられたことを報せてまいったのでござるが、まこと、何とも、ほっとなされたようでござってなあ……」

恭三郎は本当《ほん》に良きお武家《いえ》に駆け込んだと、心底嬉しそうに、でも少し寂しそうに、しみじみそう言っていたという。

「いやな、桐野どの……。実はこたびの一件については、拙者もあれこれ迷うところがあったのでござるよ」

「『迷う』でございますか？」

いきなり言ってきた小原の話に桐野が目を丸くしていると、小原孫九郎はうなずいて、先をこう続けてきた。

「うむ……。いや、ほれ、何せこたびが案件は、いわば武家の内政《うちうち》に関わることゆえ、目付方としてはどこまで顔を突っ込んでよいものやら、判断が難しゅうござろう？」

「はい。まこと、さようにございますね……」

自分や高木がずっと案じ続けていたことを、まさか小原自身の口から聞かされるとは思わず、桐野は内心驚いていたが、それでも何とか言い足した。

「縦《よ》し実際に、皆川《みながわ》家と谷本《たにもと》家との間に力ずくの揉め事でもありましたならば、『目付方《こちら》の出番』もございましょうが、こたびは何とも中途半端な揉め事でございまし
し……」

「さよう、さよう……。いやな、実は以前《まえ》にも似たような一件がござってなあ、その際も、万事、ここな与一郎が配下《した》の者らをまとめて、儂が担当《ところ》に就いていてくれたのでござるが……」

もう七、八年は昔の、まだ桐野が目付方に入る前に起こった一件であったが、家臣の中間に逃げられたのは大身五千石の旗本家で、その老中間が「駆け込んだ」のは、家禄八百石の旗本屋敷であったという。

「その年寄りの中間が、実にもって『人物』でなあ。酸いも甘いも嚙み分けたという風な男で、荒くれの中間たちをまとめて『中間頭《ちゅうげんがしら》』をいたしておったのだが、ひょんなことから、主家の娘の乱行《らんぎょう》を聞き知ったらしゅうてな」

「乱行？」

「うむ。なんでも役者くずれの町人の男と懇《ねんご》ろになって、あれこれと口実を申しては外出《そとで》をし、その男と遊び歩いておったらしい」

その旗本は、まだ嫁入り前の娘の放蕩を世間に知られないようにと、「娘は身体を悪くして、根岸《ねぎし》の寮《りょう》（別宅）で療養を続けている」ということにして、数名の女中だけをその娘に付けて本宅の旗本屋敷からは出していたのだそうで、他の家臣たちも「まさかお嬢さまが放蕩のかぎりを尽くしている」とは、知らなかったらしい。

だが一人、そんな主家の秘密を知ってしまった老中間は、危うく口封じに遭いかけて、命からがら八百石の旗本家に駆け込んだということだった。

「いやしかし、さような秘め事を聞き知ったとあっては、まこと命も狙われましょうな」

「さよう……。その中間、『何某《なにがし》』と申したか、さすがに名こそ忘れてしもうたが、どうにもその年寄りの中間頭が気の毒でならんでなあ。もとより中間に非はないゆえ、儂は大いに味方してやったのだが……」

「では、その際に大身五千石の旗本家が、『家政に口を出すな』とでも申してまいりましたので？」

「そこよ。したが、こちらも中間に何の非もないのは存じておるゆえ、手は引けぬ。とにかく駆け込まれた八百石の旗本家が窮地に追い込まれぬようにと、こちらが楯となって庇うていたら、とんだ側《ほう》から横槍が入ってな」

「とんだほう？」

「うむ……」

と、言ったきり、口に出すのを躊躇してか、黙り込んでしまった小原の様子を見て取って、それまでは黙って控えていた高木与一郎が代わりに答えてきた。

「その五千石の旗本というのが、さる雄藩（有力大名）の分家でございましたので」

「なるほど……。なれば、その本家より、『目付《めつけ》方は手を引け』とでも？」

「はい。『速やかに中間を返した上で、こたびの一件については、すべて無かったことにするように……』とのご内通をいただきました」

「けしからん！　そうは思われぬか、桐野どの」

と、横手からいきり立ってきたのは小原孫九郎で、幾年も前のことだというのに、今でも腹が立つらしい。

「したが、ほれ、『これは内政《うちうち》のことだ』と言われてしまえば、おいそれと手は出せぬし、さりとて向こうの言いなりに中間を渡したら最後、口封じに何をされるか判らぬゆえ」

とにもかくにも、何の非もないその中間の命だけは何としても守ってやらねばならないと、小原がそう思い詰めていた時に、高木与一郎が苦労して、旗本の娘の行状を裏の裏まで詳細に調べ上げてくれたというのだ。

「その娘というのが当時はまだ十六で世間知らずであったゆえ、いいように男にたぶらかされて、金蔓《かねづる》にされておってな。そうした内情《なかみ》が見えてきたゆえ、こちらも談合《はなし》がしやすうなって、どうにか中間の身柄は渡さずに済んだという訳だ」

そちらの娘御も、いわば災難に遭われたようなものだから、このことは皆で揃って忘れましょう。ご家中の中間頭も「もうすべて忘れた」と、さように申しておられますゆえ、このままこちらでお預かりをいたしますと、最後はそれで話が決まったのだそうだった。

「なるほど、さようにございましたか……」

桐野はそう言ってうなずいていたが、「なるほど……」と、つい口に出たその理由は、実は別のところにあった。

今の一連の話を聞いて、なぜ高木が「小原さまの暴走」を心配して、担当外の桐野《こちら》にあんな風に相談を持ちかけてきたのか、その本当のところがようやく納得できたのだ。

雄藩の分家を相手に「小原さま」が正義を貫こうとされたとあっては、高木は正直、生きた心地もしなかったに違いない。してみると今回の「駆け込み」なんぞは、皆川家にせよ、谷本家にせよ、どちらも当主が話の判る人物だったため、解決するに楽なほうだったのかもしれなかった。

そんなことを考えながら、桐野がちらりと高木与一郎のほうへと目をやると、高木も鋭く気がついて、嬉しげに小さく頭を下げて言ってきた。

「そういえば桐野さま、あの後、台所の鼬のほうは、無事に外へと出ましたので？」

「鼬？」

さっそく横手から訊いてきたのは、小原孫九郎である。

「ああ、いや、実は台所に鼬が出て、芋を少々、喰い荒らされまして……」

あの時の鼬騒動の一部始終を、桐野は改めて「小原さま」に聞かせていった。

「ほう……。して、鼬は出たのでござるか？」

「はい。実に一刻半《いっときはん》（約三時間）もかかりましたが、何とか外へ飛び出していきました。しかして、おそらく鼬なんぞは、またぞろ入ってまいりましょうし、芋や魚をやられぬよう、策を練らねばなりませんので……」

まずは鼬や狸といった獣たちが好物としている魚のアラなどを、表台所のすぐ外にある大井戸の周辺に置きっ放しにしておいたりすると、その匂いに釣られて獣たちが集まってきてしまうので、外に食材を放置せぬよう、桐野は台所方の者らに指導してきたという。

「そのうえで芋や乾物なども、できるだけ長持《ながもち》(蓋つきの大きな木箱)のごときにしまうようにさせまして、とにかく獣の好む代物《しろもの》の匂いが出ないよう、徹底をさせました。今のところは、鼬も狸も来ないようにてござりまする」

「さようか。それは上々……」

と、小原も安堵した顔で、大きくうなずいてきた。

「いやしかし、まさか桐野どのが、さように鼬にお詳しいとは存外でござるな」

そう言ってきた小原の表情は、何やら愉しそうである。思いもかけず、江戸城内《しろ》で鼬なんぞの話になって、童心に帰っているのかもしれなかった。

「実は屋敷《うち》にも、昔、鼬がよう顔を出しまして、子供の頃はずいぶんと追いかけたものでございました……」

そう笑顔で応えながら、桐野は大好きな「小原さま」が、こたびの案件でも何事もなく無事にいてくれたことを、改めて嬉しく思うのだった。

第二話　褒美《ほうび》

一

目付の仕事の一つに、「下賜《かし》の見分《けんぶん》」というものがある。

幕府において「下賜」といえば、上様が大名や旗本、御家人といった臣下に向けて、特別に何かを下さることを指すのだが、この下賜が行われる際には、目付が「見分役」として立ち会うことになっている。

「上様から頂戴《ちょうだい》する」とはいっても、ほとんどの場合は直《じか》に上様に拝謁して頂戴する訳ではないため、下賜の品の引き渡しを目付がする形となるのだ。

こたび『勘定方《かんじょうがた》』の役人の一部に「良い働き」をした者たちがあったそうで、その者らに下賜が行われることとなり、目付方の筆頭である妹尾十左衛門《せのおじゅうざえもん》のもとに

「いつものように目付方で、下賜の見分をするように」との命《めい》が下ってきたのであった。

「そうした次第ゆえ、ちと手数をおかけいたすが、やはりこたびは佐竹《さたけ》どのに見分役をばお頼みいたしたく思うてな」

目付部屋に佐竹甚右衛門《じんえもん》を呼んでそう言ったのは、筆頭の十左衛門である。

それというのも、佐竹は十人いる目付のなかではただ一人、勘定畑（経理関係）出身の人間で、目付になる以前は『勘定吟味役《ぎんみやく》』という、勘定方全般の勤怠《きんたい》や不正を見張って監査する役目を担っていたのだ。

今も目付方では『勝手掛《かってがかり》』という担当に就いていて、幕府の会計にまつわる不正や不備に目を付けて追及し、是正《ぜせい》に導く仕事を、すべて一人で引き受けてくれていた。

そんな訳で今回も、勘定方の仕事内容や人員について詳《くわ》しい佐竹に、下賜の見分役を務めてもらうのが最適であろうと、わざわざ佐竹を呼び寄せた訳だった。

「ほう。勘定方に、でございますか。それは皆、喜びましょう」

他人事《ひとごと》ながらに明るい顔をしてそう言って、佐竹は生来の気の好さを存分に表していたが、つとその後に、目付らしく訊いてきた。

「して、ご筆頭。こたびのその『良き働き』と申しますのは、どういった内容《もの》にてございますので？」

佐竹が訊ねてきたのも尤《もっと》もなことで、目付として下賜に立ち会うからには、褒賞の理由となった手柄がどういったものなのか、知っておかねばならなかった。

「褒美を受けるのは、武蔵国《むさしのくに》を治める『代官《だいかん》』とその検分をいたした『取箇方《とりかがた》』の役人ら、全部で四名だそうなのだが、なんでも『帳簿《ちょうづ》付けの具合が、しごくよろしい』ということでな」

「帳簿付けの具合が良い、でございますか？」

佐竹は考えをめぐらすように首を小さく傾げていたが、そんな佐竹の様子に、

「いや、そこよ」

と、十左衛門も苦笑いになった。

「『帳簿付けが良い』などと言われても、儂《わし》なんぞは、いっこう何のことやら見当もつかんでなあ……」

下賜の対象者となった『代官』も『取箇方』も、勘定方のなかでは幕府の財政基盤を成す「年貢《ねんぐ》の徴収《ちょうしゅう》」に関わる仕事に就いている者たちである。

そのうちの『代官』というのは、幕府の領地である天領《てんりょう》の支配を担当する、いわば地方官で、自分の担当区域の村々に住む百姓たちを統括《とうかつ》したり、その村々から年貢

を徴収したりするのが仕事である。

一方、『取箇方』と呼ばれるほうは、同じ勘定方でも江戸城内の『勘定所（財務役場）』に勤める役人で、「『取』れ高の『箇』数」と書く通り、全国各地の天領から徴収する年貢の高を統括して、それに関する事務手続きのすべてを担当していた。

「代官は『臼井亀三郎《うすいきさぶろう》』と申して、まだ代官に着任して二年と経たぬそうでな。年齢《とし》のほうも二十七と、なかなかに代官としては若いらしい」

「取箇方の者らのほうは、『何』と申しますようで？」

佐竹に訊かれて十左衛門は、褒賞を受ける者たちの名や、代官の臼井が担当している天領の区域などが記された書付《かきつけ》を差し出した。

「まず一人が組頭《くみがしら》で、名は『岩上管次郎《いわがみかんじろう》』。残る二人は平《ひら》勘定の、『長坂升五郎《ながさかますごろう》』と『小池鉄之助《こいけてつのすけ》』だ」

「岩上でございましたか……」

「おう。では知っておられるか？」

「はい。もう五十近くになりましょうか、古参ばかりの組頭のなかでも、かなり古手《ふるて》のほうにてござりまする」

勘定方は役高三千石の『勘定奉行』五名を長官にして、その補佐に役高三百五十俵の『勘定組頭』が十二名と、役高百五十俵の平の『勘定』が今は百九十名ほど、さらにその下役として、役高百俵の『支配勘定《しはい》』が八十七名であった。

この支配勘定までが、江戸の勘定所に勤める者たちである。

そのほかに勘定奉行直属の配下として、地方官である『郡代《ぐんだい》』と『代官』が、今は四十六名いる。

郡代というのも代官と同様で、天領の支配を担当している地方官である。

一般には「御料《ごりょう》（領《りょう》）」だの「御料所《ごりょうしょ》」だのと呼ばれる天領は、全国に総計で四百三十万石あまりもあり、その天領を分割して、四十六名の郡代と代官がそれぞれに担当区域の支配を行っていた。

郡代は十万石以上の御料所を任される高官だが、代官が任されるのは、それ以下の規模である。

こたびの「臼井亀三郎」は代官のほうで、全部で二十一郡もある広い武蔵国のうちの、豊島郡《としまぐん》にある十四村、足立郡《あだちぐん》の百十四村、葛飾郡《かつしかぐん》の二百二村、埼玉郡《さいたまぐん》の三十八村を預かって治めているということだった。

「都合、三百六十八村でございますか……」

書付にある村々の数を一目で合計すると、佐竹は口元に手を当てて考えるような顔つきになった。

「いかがなされた、佐竹どの。何ぞ気になるところでもおありか？」

「いえ、その、何と申しましょうか、存外《ぞんがい》に支配が広うございましたもので……」

「代官として初めて着任いたすにしては、この広さはいささか手に余ろうという意味《こと》でござるか？」

「はい……。まあ、もとより代官は、いくら新任でございましても、えてして空きの出た御料所にそのままはめ込まれる形となりますゆえ、こうしたこともない訳ではないのでございますが……」

そう口にはしながらも、やはり佐竹は何やら気になっているようである。

そんな佐竹の様子を見て取って、十左衛門は提案してこう言った。

「なれば、佐竹どの。実際に下賜を行うその前に、『帳簿付けの具合が良い』というのが如何《いか》なるものか、存分に調べられてはいかがでござる？」

「いや、ですが、それでは何やら下賜にいちゃもんをつけておりますようで、こたびの下賜を決められた方々に喧嘩《けんか》を売る風にもなりましょうし……」

佐竹が心配しているのは、御用部屋《ごようべや》（老中と若年寄の執務室）の「上《うえ》つ方《かた》」のことである。

それというのも、こうした『下賜』は、たしかに上様よりのものではあるのだが、実際には「こたび○○方の何某《なにがし》という者が目覚ましき手柄を上げましたので、是非にも下賜の対象にしていただきたく……」と上様にご進言申し上げるのは、御用部屋の老中方がほとんどなのである。

おまけにその老中方に下賜の対象者を推薦してくるのは、たいていの場合、対象者の上役たちで、今回でいえば、おそらくは『勘定奉行』あたりが御用部屋の老中方に下賜の話を持ち込んで、代官の臼井や取箇方の岩上たちに褒美を取らせることになったに違いない。

つまりはもし下賜に「待った」をかければ、御用部屋の老中たちにも勘定奉行たちにも、同時に喧嘩を売る形となるのだ。

「こうして言い出しましたのは私でございますゆえ、私が一人、上つ方からお叱りを受けます分には構わないのでございますが……」

だがそれが目付方全体に及んだり、筆頭である十左衛門へと向けられたりしたらと考えて、佐竹は躊躇《ちゅうちょ》しているのだろう。そんな佐竹の背中を押して、十左衛門は飄々《ひょうひょう》として笑顔を見せた。

「いや、佐竹どの。儂とて、いっこう構わぬさ。いざともなれば、他の皆には迷惑をかけぬよう、筆頭として、どうでもしようはあるというものだ」

そう言って佐竹の肩に手を置くと、だが十左衛門は、その手に少しく力を込めて、握るようにしてこう言い足した。

「しかして佐竹どの、今の貴殿の儂や皆への気遣いは、目付としては『よろしゅうはござらぬ』ぞ。目付が何ぞ不審を感じて調べるのに、誰に遠慮や忖度《そんたく》が要《い》るというのだ」

「…………！」

言われて、ようやく気づいたらしい。佐竹は慌てて居住まいを正すと、

「申し訳ござりませぬ。まこと、さようにございました」

と、十左衛門に向けて、素直に頭を下げてきた。

「ちと時間《とき》をばいただくことになりましょうが、やはり是非にも調べてみとう存じまする」

「うむ。諸方《しょほう》には、この旨《むね》、儂より伝えておくゆえ、貴殿は何も気にせず、存分《ぞんぶん》になされよ」

「ははっ。お有難う存じまする」

こうして、こたびの一件に関しては、今後の流れを佐竹に一任する形となり、とり

あえず下賜の実施は保留とされたのであった。

二

筆頭の十左衛門と別れて目付方の下部屋へ移った佐竹甚右衛門が、急ぎ自分のもとへと呼び出した配下は、「有沢彦市郎《ありさわひこいちろう》」という三十二歳の徒目付であった。

この有沢は、佐竹が日頃より自分の右腕のように頼りにしている徒目付で、佐竹と同様、目付方のなかでは勘定方の監査役として『勝手掛』で働いている男である。

その有沢彦市郎に、佐竹はこたびの下賜の話を伝えていた。

「『帳簿付けの具合が、しごくよろしい』でございますか……」

話を聞いて有沢も、考える顔つきになった。

「どうも何とも、下賜が行われるにいたしましては、理由がはっきりいたしませんようで……」

「うむ……。いやな、むろん何ぞか目覚ましい手法でも編み出したかして、『これまでの煩雑な帳簿付けが、簡素になって捗《はかど》る』とでもいうのなら万々歳《ばんばんざい》なのだが、どうもそうとは思えんでなあ」

「まこと、さようにございますね」

有沢も佐竹に賛同して、言ってきた。

「縦《よ》し帳簿付けの改善が成されて、そこを手柄とされておりますなら、『下賜うんぬん』の話になるより前に、勘定方で騒ぎとなっておりましょう。さすれば、とうに目付方《ちら》の耳にも入っておりますはずで」

「さよう、さよう……。第一、『帳簿付けの仕方』なんぞというものは、百年は昔からの慣習にて出来上がってきたものだ。そう簡単には変えられまいて」

「まことに……」

と、有沢はうなずいていたが、つと急に声を落として、内緒話でもするように顔を近づけてきた。

「しかして、佐竹さま。昨年の『勘定所よりの通達』は、こたびのこれには関係《かかわり》はないのでございましょうか？」

「いや、それよ。儂もそのあたりが気になって、下賜を遅らせてもらったのだ」

二人が今、話題にしている「勘定所からの通達」というのは、去年（明和《めいわ》五年）の春に勘定所から全国の郡代や代官にあてて出された、提出書類についての注意喚起《かんき》の通達のことだった。

そもそも郡代や代官には、自分の治める天領にどれくらいの年貢の量が見込めるか、『検地《けんち》（田畑の状態を見て、収穫量を予測すること）』をして書面にし、江戸の勘定所に提出しなければいけない義務がある。

「〇〇郡の〇〇村からは、〇〇俵の米が取れる見込みにてございます」という風に、一村ごとに村名と予想石高とを書き上げた『取箇帳《とりかちょう》』と呼ばれる帳簿を作成して、江戸の勘定所にいる取箇方の役人たちのもとに提出しなければならないのだ。

すると取箇方ではその天領の帳簿を担当する者たちが、過去何十年かの取箇（年貢）の量と比較して徴収量の吟味をし、「今年もこの量でよかろう」となると、その許可書を天領側に送り返してくる。

一方、天領の代官側は、取箇方に対し「ではたしかにこの量で、今年はお納めいたします」と、承諾の書状を作って江戸の勘定所に送付した上で、認められた取箇帳をもとに各村々に年貢の割付《わりつ》けをし、それを正式な『年貢割付帳』として発行して、「その年にどれだけ年貢米を納めればよいか」を各村の名主に通達した。

この一連の事務作業だけでも、結構な時間と人手を割《さ》かなければならない。

だが実はこれに加えて、すでに検地をした後に変更になった田畑の事務処理の問題があった。

「今年もここは休耕田にしようと思っていたが、ついでに田起こしをしたから、植え付けもすることにした」とか、「わずかだか、新しく田んぼを切り拓いた」とか、また逆に「あそこの百姓家《いえ》は、主人が腰を悪くして、作付けの面積を減らしたらしい」などという細かな変更が、あちこちの村々から次から次へと出てくるのだ。

その一つ一つに、本来であれば郡代や代官は対応して、検地をし直し、それを正式な書面に起こして、江戸の勘定所の取箇方のもとへと送らなければならない。

だが実際のところ、何百ヶ村もある支配地のすべてについて、そうした微細な変更までを把握して、そのたびごとに検地をし、いちいち文書に起こして報告するなど、土台、無理な話なのである。

それでもそこを無理やり押して、郡代や代官に「すべて完璧な形で、諸帳簿や書類を提出するように」と命じた勘定所の通達が、去年の春に出されていたのであった。

「彦市郎、そなた実際のところ、どう思う？　昨年のあの『帳簿付けの徹底』の通達と、こたびが下賜は、どう見ても繋《つな》ごうているとは思わぬか？」

「まことに……」

と、有沢も先を続けた。

「いや佐竹さま、下手《へた》をいたせば、端《はな》から『下賜ありき』との相談事が勘定方にあったうえで、昨年『諸帳簿は、すべて真面目に提出せよ』と郡代や代官に向けての通達が出されていたのやもしれませぬ」

「それよ、それ。だとしたら、こたび褒美を受けることになっている臼井何某という代官や、岩上ら取箇方の三人は、最初から示し合わせて下賜を狙っておったやもしれぬからな。もしもそうなら、いわば詐欺《さぎ》のごとくの謀《はかりごと》ゆえ、とてものこと下賜を受けさせることはできぬな」

「さようにございますね……」

有沢彦市郎も、目を輝かせてうなずいた。

「なれば、佐竹さま。私、まずは代官の『臼井亀三郎』をば探るべく、御料所の村々を見てまわってまいりまする」

「おう。なれば、儂も参ろう。帳簿のことゆえ、おそらくは直に『どうだ?』と見てみなければ、怪しいところも判るまいからな」

「はい。ではまずは、百十四ヶ村もあるという足立郡のあたりから……」

「さようさな」

これからの調査の段取りを相談して、二人は話を続けるのだった

三

翌日のことである。

目付筆頭である十左衛門は、首座の『若年寄』である水野壱岐守忠見《みずのいきのかみただちか》に呼び出されて、御用部屋近くにある『羽目之間《はめのま》』と呼ばれる大座敷に参上したところであった。

呼び出された理由については見当がついている。おそらくは先日、老中方から目付方に下った「代官と取箇方役人ら四名に対する下賜の見分」ついての話で、それというのも十左衛門は前日に、

「こたびの下賜につきましては、いまだ褒賞の理由が明確になってはおらず、当方で相調べる所存にてございますゆえ、下賜の執行は、いましばらく保留とさせていただきたく……」

と、御用部屋の老中方に向けて書状を提出しておいたのだ。

そんな上申をすれば、むろん御用部屋の上つ方から呼び出しを受けるであろうことは判っていたが、仕方がない。あの温厚で思慮深く、日頃は万事なるべくなら他者《ひと》に不快な思いをさせまいと気を配る「佐竹どの」が、こうして自分の考えを通そうとし

ているのだから、この下賜には何ぞかの問題があるに違いないのだ。

「どういうことだ？」

開口一番、水野壱岐守はそう言って、はっきりと十左衛門《こちら》を睨んでいる。

安房北条藩《あわほうじようはん》・一万五千石の藩主である水野壱岐守は、いま四名いる若年寄のなかでは一番の古株ゆえ、こうして若年寄方の首座に就いているのだが、年齢はまだ四十歳と、他の三人に比べても若いほうなのである。

そんな一種、複雑な事情もあって、「水野壱岐守」という若年寄は、いつ誰に対しても常に「弱みを見せまい」として肩ひじを張っているような、ゆるみのない硬さがあった。

ことに目付方の筆頭である十左衛門に対しては、半ば嫉《そね》みにも似た感情を抱いている嫌いがある。

それというのも十左衛門は、十年以上も筆頭として目付方を率いているため、古参の老中たちには何かというと頼りにされて、「十左、十左」と可愛がられており、場合によっては、老中の補佐役を務めている自分ら若年寄よりも、直属の老中方の配下ではない目付の十左衛門の意見のほうを重く見て、老中たちがそちらを採択することもあるほどなのだ。

そんな事情も相まって、今、水野壱岐守は、こうして下賜に「待った」をかけてきた十左衛門に、よけいに腹を立てていた。

「そも、そなた、『下賜』を何と心得ておるのだ？　下賜というは、有難くも、上様の思《おぼ》し召《め》しにて賜《たまわ》るものぞ。そなたら目付ごときが、横手から四《し》の五《ご》のと、口を挟めるものではない」

「………………」

ここに参上した直後から、十左衛門は壱岐守に対して平伏の形を取っているのだが、その形のままで、十左衛門は身動き一つせず、何も答えない。

「おい。どうした、妹尾。おぬし、今こうして道理《ことわり》を言い立てられて、さすがに何も言い返せぬようになりおったか？」

腹立ちをはっきり声に表して、壱岐守は言い放ったが、そんな首座の若年寄を前にして、

「畏《おそ》れながら……」

と、十左衛門は初めて顔を上げた。

「しかして『下賜の見分』が我ら目付に任されておりますことの心髄《しんずい》は、こたびがように、有難くも下賜を受けます幕臣が、それに見合った働きをばいたしたか否かを、

『幕臣の監査役として、判じよ』という、上様よりのご君命《くんめい》かと心得ておりまする。むろん、もとより下賜が滞《とどこお》りなく行われんことを、我ら目付も、何より相願《あいねご》うてござりまする。こたびも晴れて、めでたく褒美をば渡せるよう、急ぎ相調べておりますゆえ、どうかしばしご猶予《ゆうよ》のほどを……」

そう一息に言い終えて、十左衛門はまたも深々と平伏の形に戻っている。

「…………」

その十左衛門の背中をぎりぎりと睨《にら》みつけると、壱岐守はガバッと立ち上がった。

「勝手にせい！　けだし、おぬしが今の放言、ご老中の皆々さま方にも、そのままに相伝えるぞ」

「ははっ」

「…………！」

蛙《かえる》のように畳にひれ伏している十左衛門を眺めて、一つ右手で拳《こぶし》を握り締めると、水野壱岐守は荒々しく音を立てて座敷を出ていくのだった。

四

一方、その頃、佐竹甚右衛門は、有沢ら数名の配下たちとともに、臼井代官の支配地の一部である足立郡の村々へと向かっていた。

三百八十六ヶ村、すべて見てまわるつもりでいるため、今回は旗本の佐竹だけではなく、本来なら騎馬を許されていない御家人身分の有沢ら配下たちにも特別に、馬での移動が許されている。

江戸城から『神田御門《かんだごもん》』、『昌平橋』と抜けて、そこから下谷《したや》の街道に入り、左右に続く町場が切れたあたりで右手へ折れていくと、とたんに田園の風景が広がって、目指す村々の集落が一つ、二つと見えてきた。

この先はしっかりと踏み固められた普通の道ではなく、いわゆる「田んぼの畦道《あぜみち》」になっている。

その畦道に、馬でズカズカ踏み込むのはさすがに気が引けるため、近くに池を見つけたのを契機に、佐竹らはその池の端で馬を下りることにした。

馬たちはさっそく水を求めて、池の端に並んでいる。その馬たちを配下の小人目付二人に預けると、佐竹は有沢彦市郎ら残るわずかな配下たちを引き連れて、徒歩で進み始めた。

今はもう、あと幾日かで八月に入ろうという時季であるため、田んぼの稲はすでに稲穂を垂れさせ始めていて、一部の田んぼでは、どうやら早稲《わせ》の品種を植え付けているものか、近く刈り入れもできるのではないかというほどに、稲穂が重く垂れている。

これまでの農作業の苦労が報われて、今年も無事に刈り取りの季節を迎えようとしている村々は、佐竹ら目付方のような部外者《よそもの》の目にも、明るく穏やかに、嬉しげに見えていた。

とはいえ残暑は厳しくて、日陰になるような木々がいっさい見当たらず、風もそよとも吹かないこの状態は、「酷暑」というにぴったりという風である。

それでも佐竹は後ろをついてくる有沢を振り返って、汗だくの顔をほころばせた。

「いや、いつにても豊作というのは、良きものだな」

「はい」

と、返事をして、有沢も笑顔になった。

この「佐竹さま」は、本当に、根っから気さくで人物の好いお人なのである。本来であれば、この暑さのなか目付が自ら足を運んで村の様子を見てまわることなど、まずないに違いない。

だが、こたびも佐竹は、

「まずは村々の様子を見てまわって、稲穂が無事に育っているのか否かを確かめぬことには、代官の『臼井何某』とも話ができぬゆえな」

と、そう言って何の躊躇《ちゅうちょ》もなしに、有沢たち配下とともに城を出てきたのである。

そんな佐竹の下で『勝手掛』付きの特別な徒目付でいられることに、日頃から有沢は誇りも喜びも感じていて、今も明るくこう言った。

「これだけの豊作であれば、自然、村の者らも明るく口を開きましょう。代官の臼井が、何ぞ隠してあまり喋らぬようであれば、私が村をまわって、皆からあれこれ話を聞いてまいりまする」

「うむ。いざともなれば、よろしゅう頼む」

「はい」

そんなやり取りをしながら、佐竹と有沢ら一行が炎天下の田園のなかを歩いていると、遠くの集落のなかから、「あれは、くだんの代官ではあるまいか」と見える武士《さむらい》が、幾人かの男たちを引き連れて、道のほうへと出てきたのが見て取れた。

すると向こうも、佐竹ら一行の存在に気づいたらしい。その遠くから、一つ深々と頭を下げてくると、こちらへと駆け寄ってきた。

「佐竹さま！」

「ん……？」

名を呼ばれてよくよく見たが、にこやかに駆け寄ってくるその武家の男に、佐竹《こちら》はいっこう見覚えがない。

すると、そんな佐竹の疑問を顔つきから読み取ったらしく、男は自ら答えて、こう言った。

「私、このあたりの代官をいたしております臼井亀三郎と申しますが、代官になります前は、江戸城《しろ》の勘定所にて『勘定』役をいたしておりましたので、遠くより佐竹さまのご尊顔も……」

「おう、さようであったか。されば、そなたも勘定所勤めであったのか」

「はい」

そんな調子で臼井と話し始めた佐竹の口調は、さり気ないものではあったが、この代官の臼井までが、取箇方の役人と同様に勘定所勤めであったという事実に、すでに引っ掛かりを感じていた。

この代官の臼井亀三郎が、もし取箇方の岩上たちとかねてよりの知り合いであるならば、双方、話し合いのもとに手を組んで、自分たちが下賜を受けられるよう、何かしらの「工作《こうさく》」のごときをしたかもしれないのだ。

そう思ったのは佐竹だけではなく有沢も同様で、このまま臼井にあれこれ喋らせているうちに、何ぞ核心に触れるような内容が聞けるかもしれないと、有沢がそう思った時だった。

すぐ前に立っていた「佐竹さま」が、急にぐらりと身を揺らせて、倒れかけたのである。

「やっ、佐竹さま！」

有沢があわてて背後から佐竹の身体を支えたが、どうやら一過性のものだったのかもしれない。佐竹は照れ笑いを浮かべて、自分でしっかりと身体を立たせながら、こう言った。

「いやすまぬ。立ちくらみだ」

「大丈夫でございますか？」

「ああ」

と、佐竹と有沢が話していると、横手から代官の臼井が言ってきた。

「いかんせん、ここは暑うございますゆえ、どこぞ近所の百姓家にでも場所を借りてまいりましょう。お休みくださりませ」

臼井がそう言うと、配下としてついてきていた百姓らしき男の一人が、心得たように家並みがあるほうへと駆け出していく。

そうしてほどなく臼井たち地元の者たちの案内のもと、佐竹ら一行は、近くの百姓家の涼しい軒下《のきした》に、無事、避難したのだった。

五

佐竹ら一行を迎え入れてくれたのは、さして大きくもない普通の百姓家であった。

「いや、まことに、生き返ったぞ。やはり江戸の井戸とは違って、このあたりは掘り抜きの、本物の井戸なのであろうな。水の美味《うま》さも冷たさも、江戸のものとは段違いだ」

百姓家の主人が急いで汲んできてくれた水を一気に三杯も飲み干して、佐竹が本気で感慨深くそう言っていると、この家の女房だという五十がらみの女が、奥で急いで飯の支度をしてくれたらしく、握り飯や味噌汁を運んできた。

「おう、これはまた美味そうな……。ご新造《しんぞう》、重ね重ね相済まぬ。遠慮もせずにいただくぞ」

「はい。どうぞお上がりくださいまし」

嬉しそうにそう言って女房が奥へと引っ込んでいくと、今度は代わって主人のほうが、人懐《ひとなつ》っこく話しかけてきた。

「こうした時は、まずは味噌汁《しる》から飲んでくだせえまし。塩気が入《へえ》れば、身体《からだ》がしゃんといたしやすんで」

「おう、さようさな」

そう言って、佐竹が素直に味噌汁を飲み干すのを待ち構えるようにして、さっそくお代わりをよそいに、主人は奥へと消えていった。

有難く、その後ろ姿を見送ると、佐竹は代官の臼井のほうに向き直った。

「儂をいっこう、怖がっても煙たがってもおらぬようだが、このあたりの者らは、皆ああして城から来た役人が相手でも、物怖《ものお》じはせぬ風なのか？」

普通ならこうした村方の者たちというのは、「江戸から役人が来た」というだけでも嫌がって緊張し、借りてきた猫のようになる者がほとんどなのである。

すると臼井が、なぜか苦笑いになってこう言った。

「江戸から来た代官の私が頼りなく、皆であれこれ守ってきたからにてございましょう。臼井の家は祖父の代から勘定所勤めでありまして、村方の暮らしなどは、とんと見たことがございませんでしたので、代官となって村方の者らと接するようになりましてからは、日々すべてが学ぶことだらけにございまして……。そんな調子でございますゆえ、どの村に参りましても、何くれと世話を焼いてくれまして」

「ほう……。さようでござったか」

「はい。皆やはり作物を育てて、『雨だ、風だ、旱《ひでり》だ』と何かと苦労をしておりますためか、人間《ひと》の器の大きな者が多うござりまする。私も代官として、より一層の精進をいたしまして、皆を守ってやれるほどの人間《もの》にならねばと、そう思っております次第で」

「うむ。さようさな」

「はい」

「…………」

と、佐竹は二十七歳だという臼井亀三郎をしみじみと眺めていた。

おそらくは、今、当人が口にした通り、この臼井亀三郎という代官は村の者らに好かれて、良くも悪くも助けられてしまっているということなのであろう。

むろん地方官の代官とはいえ、れっきとした幕臣であるのだから、「領民に助けられている」などといえば、「武士として、情けない」と後ろ指を差されることは必至《ひっし》であるのだが、その情けなさを補って余りある領民を治める長《おさ》としての資質が、この臼井にはあるように思われた。

そして同時に、こんな臼井に「計算ずくの手柄」を欲しがる気持ちが湧くようには思われなかったのである。

「臼井どの。ちと帳簿を見せてはくれぬか」

「はい。こたびの下賜のお取り調べでございますね。佐竹さまのお姿を拝見いたしましてより、その一件《こと》でおいでであろうと心得ておりました」

と、臼井はどこまでも正直で、やはり良いにつけ悪いにつけ、何でも口に出してしまう男であるらしい。どうやら下賜があることについては、すでに勘定方から報せが入っていたようだった。

「ちとこれより名主が家のほうに寄りまして、まずはこの村の帳簿のたぐいを持ってまいりますゆえ、しばしお待ちのほどを……」

言いながらさっそく立ち上がった臼井を止めて、佐竹も腰を浮かせた。

「なれば儂らも同道しよう。そのほうが早い」

「ですが佐竹さま、ここからでは名主が家はだいぶ離れてございますし、この炎天下ゆえ、お身体が……」

「おう、なれば暑さ負けせぬよう、もう一杯、あの美味い味噌汁を貰《もろ》うてから出かけようゆえ、ちと待ってくれ」

そう言った佐竹の向こうには、お代わりの味噌汁を佐竹ら一行や臼井の分まで運んできてくれているらしい、この家の主人の姿が見えている。

その有難い心尽くしをいただくと、百姓家の夫婦に礼を言い、ほどなく佐竹たちは臼井代官の案内のもと、帳簿を見に向かったのだった。

六

「どうだな、彦市郎。どれくらいになりそうだ？」

そう言ったのは佐竹甚右衛門で、今、佐竹は有沢彦市郎と二人きり、目付方の下部屋で話している最中である。「どれくらい？」というのは、臼井代官が自領の帳簿として作成した書類の数のことで、村ごとに作成されているさまざまな帳簿を種類ごとに分けて、全村の三百六十八ヶ村分をまとめるべく、今、有沢が算盤《そろばん》をはじいているのだ。

「いやもう、何やら恐ろしい数にはなりそうでございますが……」

佐竹ら一行が一ヶ月《ひとつき》近くもかけてまわった三百六十八ヶ村を後にして、江戸城へと戻ってきたのは昨日の晩のことである。

あれから佐竹ら一行はあの村の名主の家を皮切りに、足立郡にある百十四村、豊島郡にある十四村、埼玉郡の三十八村と、葛飾郡の二百二村とを次々にまわり、最後に葛飾郡のなかにある『陣屋《じんや》（代官の役宅）』に立ち寄って、陣屋自体に保管されてある書類も全部たしかめたうえで、どんな種類の書類が陣屋に幾つ、それぞれの村の名主らのところに幾つという具合に、有沢が書き留めてきたのだ。

その行程は、江戸からは近場の武蔵の国内《くにうち》であるとはいっても、なかなか大変なもので、諸方の名主の家に泊めて貰いながら、二十日以上もかかっての旅のような代物になっていた。

「お待たせをいたしました。今ざっと勘定いたしましただけでも、小前帳《こまえちょう》が三百四十六冊ほどに、切添《きりぞえ》の小前帳が五十一冊、内見帳《うちみちょう》が二百三冊、村々の巨細絵図《おおさいえず》が三百五十八枚に、荒地《あれち》小前帳や起返《おきかえし》小前帳のごときが、実に百九十七冊もございました」

その他にも、細かい書類はあれやこれやと存在していて、そうしたものもいざ算盤をはじいてみたら、優に百冊を超していた。

「こうして改めて勘定をしてみると、いよいよもって馬鹿馬鹿しいものだな……」

佐竹が「馬鹿馬鹿しい」と、書類の多さを批判したのには、しっかりとした理由がある。

それというのも、こうして代官から出された書類は、すべて江戸の勘定所でそれぞれの専門に分けて目を通されていくのだが、提出されたその書類に間違いや問題がなければ、今度は勘定所勤めの役人側が「この書類に問題はない。たしかに○月○日に、勘定所の○○方にて受け付けた」旨、『請書《うけしょ》』として正式に書き起こして、代官側へと送付し返さなくてはならないのだ。

つまりは代官側から膨大に提出されたその数だけ、勘定所のほうからも膨大な数の請書を書かなくてはならず、双方で書類作成に費《つい》やす人員と日数、紙代や墨代などの費用を考えると、どう考えても簡素化の方向に切り替えたほうがいいであろうと思われるからだった。

「正確《たしか》な額は判らぬが、これだけの数の書状を双方でやり取りいたすとなれば、筆・墨・紙の代金と、行灯《あんどん》や蠟燭《ろうそく》なんぞの灯《ひ》りの代、それに加えて代官の側では、書状の書き起こしの手伝いに他者も雇わねばならんであろうから、その雇いの代も合わせれば、何百両とかかっておるに違いない。そのすべてが、早い話が幕府から出されているということだ」

　臼井が担当の御料所（天領）だけでも何百両もかかるということは、幕府の天領全体である四百三十万石あまりの分をすべて合わせれば、何千両どころか何万両と、かかっているに違いない。

　佐竹の話に聞き入って、有沢は何度もうなずいていたが、つと何やら思い出したらしく、話を変えてこう言った。

「そういえば、あとでご報告をいたさねばと思うておりましたのですが、葛飾の村にて、臼井亀三郎の妻子について、ちと面白い話を聞きまして……」

「妻子、とな？」

「はい。なんでも臼井には五つになる倅《せがれ》があるそうなのですが、その倅が母親とともに父の臼井の手助けをせんとして、帳簿並べや紙の綴《と》じ合わせなんぞを手伝《てつど》うておるそうにてございまして……」

　臼井の妻は勘定方の武家《いえ》の出身で、帳簿付けも夫に教わりながらであれば、できるという。

　そんな両親のそばにいて、幼い息子もできるかぎりの手伝いをしようとしているそうで、毎晩遅くまで、女中や下男まで一家揃って役宅で働く姿にほだされて、自然、村の者らも、あれやこれやとできる範囲で手伝っているそうだった。

「村の細絵図《さいえず》（地図）なんぞは、『算盤はできぬが、絵は上手《うま》い』という者らが幾人かで請け負うておりますそうで、どうやら葛飾のほかでも同様に、村の者らが尽力して、帳簿付けを手伝うておるようにてございました」

「ほう……。なれば存外、臼井が所領《ところ》は、さして『筆工《ひっこう》（文筆雇工）』に金子《きんす》を使わずに済んだのやもしれぬな」

「はい。さように皆で力を合わせておりましたゆえ、こたび臼井が下賜を受けるという話になりましたことも、御料所中で喜んでおるのやもしれませぬ」

「さようさな……」

事実、もし無事に下賜を受けた暁《あかつき》には、役宅に来ることができる者らは皆呼んで、ささやかながら心尽くしの酒食でもてなして、宴会をしようと、臼井は考えているようだった。

「やはり代官の臼井自身は、ただ単に『勘定所から言われた通りに、すべてを出さねばならない』と、生真面目《きまじめ》にしてのけただけなのであろうな」

「はい。あとはもう一方の、取箇方の三名にてございますね……」

取箇方の組頭「岩上管次郎」と、その直属の配下である平勘定の「長坂升五郎」と

「小池鉄之助」の三人であった。

「したが彦市郎、その三人をどう調べる？　一人ずつ呼び出して直に話を聞いたところで、たいしたことは喋るまい。ことに、あの岩上は『頭が切れる』といえば聞こえはよいが、少しく裏にまわっても、万事、都合のよい方向《ほう》に運ぶ嫌いがあるゆえな」

「『岩上』と申しますのは、さような男にございますか？」

「ああ」

「…………」

有沢はしばし考えている様子であったが、つと再び顔を上げると、こう言った。

「なれば、やはり聞き込みは、『下馬所《げばしょ》』がようございましょう」

「おう、下馬所か」

下馬所というのは字の通り、馬に乗って登城してきた武士たちが、馬を下りる場所である。

江戸城の正門ともいえる『大手門《おおてもん》』の前に、その「下馬所」と呼ばれる大広場があるのだが、

「畏れ多くもこの先は、上様のおわします江戸城の内《なか》になるのだから、馬から下りて徒歩で入ってくるように」

ということで「下馬」と札が立てられており、駕籠《のりもの》に乗ることが許されている大名や役高五千石以上の高官の役人、老齢や病《やまい》で足が不自由な者以外は、すべて自分の足で歩いて入城しなければならなかった。

武家は大名も旗本も御家人も、日常の出勤や何かの式典などで江戸城に登城してくる際には、必ず自分の家臣たちを「供《とも》」として連れてくる。だが供の家臣のほとんどは、主人である当主が下馬所で馬を下りる際に、馬と一緒に下馬所に残される、というのが江戸城の決まりになっていた。

下馬所に残された家臣たちは、主人が仕事を終えて下城してくるまで、何刻も何刻も下馬所で待っていなければならない。

主人が下城してくる時刻がはっきり判っている場合には、いったんは屋敷に戻り、改めて迎えに来ることもあるのだが、多くの場合はそのまま下馬所で待ち続けて、「下座敷《げざしき》」と呼ばれる厚手の筵《むしろ》を地面に敷いて座ったり、そこらをぶらぶら歩きまわったりしながら、皆それぞれに時間つぶしをしているのだった。

この時間つぶしのなかで、何より一番、下馬所の供侍《ともざむらい》たちに人気があるのが、「噂話《うわさばなし》」であった。

「先般《せんぱん》、城中ではこんなことがあったらしい」とか、「次の町奉行には○○さまが上がられるに違いない」とか、「番町《ばんちょう》の○○さまのお屋敷では、いま家督相続で、ずいぶん揉めているそうだ」などと、他家《たけ》の噂や人事の話が次々と湧いて出て、いっこう尽きることはない。

それゆえこの噂好きの男たちのなかに混じって、岩上ら三人についてを話題にすれば、何ぞか面白い話を聞けるのではないかと、有沢はそう考えているのだ。

「『上様より下賜を受けるらしい』となれば、もうすでに格好の噂の種となっておりましょうし、あれこれと聞けますものかと……」

「うむ。なれば、頼むぞ」

「はい。では、さっそく……」

こうして調査《しらべ》の対象は、代官の臼井亀三郎から、岩上ら取箇方の三名へと移されたのだった。

七

この一件についてのあらかたの調査を終えて、佐竹が「ご筆頭」へと報告すべく、下部屋にて余人を入れずに話し始めたのは、佐竹たちが村々をまわって戻ってきてから、さらに数日が経った昼下がりのことだった。

「ご筆頭、申し訳ございませぬ。どうもどうにも『証拠《あかし》になる』というほどのものは、得られぬようでございまして……」

佐竹が欲している証拠というのは、むろん岩上たち三人が、取箇方における自分たちの評価を上げるために初めから謀《はか》り、素直で御しやすい臼井亀三郎を狙って、このたびのことを画策したのではないかということだった。

「事実、当初から睨んでおりました通り、すでに昨年の時点で勘定方の内部《なか》では、『郡代や代官の怠慢《ゆるみ》を引き締めるべく、諸帳簿を完璧な形で提出した者には何ぞ幕府から褒美を取らせて、全御料所の手本として喧伝《けんでん》したらいいのではないか』と、話がまとまっておりましたようで」

「ほう……。では端《はな》から『下賜ありき』の形で、昨年の『諸帳簿は、すべて真面目に提出せよ』との通達が出されていた訳だな」

「はい。実際その『下賜ありき』に惹かれて、取箇方の者らはそれぞれに、自分が担当の代官の尻《しり》をば叩いたのでございましょうが、ことに岩上たちは、空いた御料所の代官に、普通であれば新任には荷が重すぎるのを承知のうえで、『まだ若く、性格も素直で真面目で御《ぎょ》しやすい臼井』を狙って、推薦《すいせん》したようにてございました」

「なれば、『臼井を代官に推《お》したのは岩上』と、その事実はつかんだのでござるな？」

「はい、これははっきりと、組頭の岩上がしたためた推薦の書状がございました。こたび代官の臼井に下賜が下ると決まりました際にも、この推薦状がありましたゆえに、岩上や他の二人も『取箇方として、新任の代官をよく指導した』として、臼井とともに褒美を貰えることとなりましたので」

「なるほどの……」

実は、前任の代官が他役へと転出して、武蔵国の三百六十八ヶ村の御料所が空いた時、「そこの代官になりたい」と就任を希望した者は多々あったという。

「あの御料所は、代官が治める御料所としてはまずまずの広さでございますし、江戸からもごく近うございますゆえ、以前より人気のある場所にてございました。こたびも他領《ほか》で代官をいたしていた者が『あちらに移りたい』と申し出て、半ば決まっておったそうにてございますのですが、それを横から覆《くつがえ》して、岩上が猛然と臼井を推しましたようで」

「して、そのまま、取箇方の組頭として臼井代官の指導に当たったということか」

「はい。日頃から少しく小賢《こざか》しい嫌いのある岩上らしい、やりようでございました……」

かねてより佐竹は「岩上という男」を知っているから、下賜の見分の話がきた際にも、すぐに胡散臭《うさんくさ》さを感じることができたのであろう。

「したが、佐竹どの。こたびそこまで調べて事実が判っておるというのに、何ゆえに『下賜の話は取り下げよ』と言えぬのだ？」

むろん、もし本当に「この下賜は、やはり取り止めるべきにてござりまする」と、御用部屋へと進言しなければならなくなれば、またぞろ首座の若年寄である水野壱岐守が激昂し、「目付ごときが出しゃばりおって……」と大騒ぎになるやもしれなかったが、そこで上つ方諸方に忖度したら、目付の存在意義がなくなってしまう。

いつにても戦う覚悟は持っているゆえ、十左衛門は、佐竹がこうして煮え切らずにいるのが、歯痒《はがゆ》く思えてきた。

「御用部屋の上つ方や勘定方からの反発についてを案じておられるのであれば、先日も申したが、何の躊躇もなさってはならぬぞ」

十左衛門は面と向かうと、やおら居住まいを正して、話の先をこう続けた。

「たしかにこたび進言をいたせば、憎まれるのは儂だけでなく、貴殿にも累が及ぶかしれないが、さりとてやはり、どうでも通さねばならない目付としての矜持《きょうじ》はある。むろん万が一ともなれば、できるかぎりに貴殿を守って楯《たて》となる所存ゆえ、下賜の取り止めの上申をば承諾してくれ」

そう言って、一膝寄ってきた十左衛門に、だが佐竹は、

「いえ、ご筆頭……」

と、首を横に振ってみせた。

「そうしたことではござりませぬ。そも懸念の元凶は、もっとはるかに深きところにございますので」

「…………？」

と、目を丸くしてきた十左衛門に、佐竹は話し出した。

「そも『これまでの勘定所の仕事運びを見直すべき』と、問題はそこにあるのでございまして……」

「『勘定所の……』でござるか？」

「はい……」

つい先日、有沢を相手に話して聞かせた「勘定所における事務仕事の簡素化」について、佐竹はざっと十左衛門に説明した。

「いや……。なれば毎年、御料所の諸帳簿に、何千両、何万両とかかっているということか……」

いささか顔色を青くしている「ご筆頭」に、佐竹甚右衛門はうなずいて見せた。

「しかして、もしこのまま勘定方の思惑を通して、臼井代官が完璧な形で諸帳簿をこなした事実《こと》を褒め、『全御料所の手本といたす』ということになれば、今よりも更に帳簿の作成が増え、いよいよもって幕府の財政《さいふ》を痛めることに相成ります。そこをどう改善すればよいものかが、いまだ考えても判りませんで……」

そこまで言って、本当に考え込んでいるらしい佐竹を見て取って、十左衛門は口を挟んだ。

「長年の慣習などというものは、そう簡単には変えられまい。『されど……』だ、佐竹どの。もしこたびの下賜で、その悪習が助長されるというのなら、是非にも下賜は止めなくてはならなかろう？」

「あ、はい……。まこと、さようにございますね」

「うむ」

まずは力強くうなずいて見せると、十左衛門は話を続けてこう言った。

「このことについては、まずは貴殿の力を借りて、御料所支配の帳簿付けに何万両もかかっておる事実を書面にて上申したうえで、『こたびもし、このまま下賜ということになれば、帳簿の数がより一層に増えましょうゆえ、取り止めのご検討をばいただきたく……』と、儂から改めて水野壱岐守さまへと進言させていただこうと思うが、いかがか？」

「はい。そうしていただけますならば、何よりにてござりまする」

どうすればよいものかと、ずっと方針も立たずにいた事態に好転の兆しが見えてきて、佐竹の顔つきは一気に明るくなっていた。

「もしこれで御用部屋の皆さま方が、帳簿の処理のありようについての変革に、前向きになっていただけるのであれば、私もこの先の生涯をかけまして、勘定方のもろもろの事務の改良をば目指す所存でございます。これが叶《かな》えば、いまだ勘定方におりました時分からの、もやもやが晴れまする。ご筆頭、まことにもってお有難う存じまする」

「いや、佐竹どの。上申はまだこれからでござるゆえ、礼《れい》は、さすがにまだ早かろうて」

十左衛門は笑ったが、つと顔を真剣な風に戻して、胸を叩いた。

「しかして必ず壱岐守さまには、この上申が若年寄方のみで止まらずに、ご老中方々がほうへも伝わるようご確約をいただいてまいるゆえ、そこだけは安堵《あんど》してくれ」

「ははっ」

平伏してきた佐竹を止めて顔を上げさせると、十左衛門はさっそくに上申書の文面をこしらえるべく、佐竹を促すのだった。

八

はたして、十左衛門が佐竹にした約束は果たされて、翌日の御用部屋では、妹尾十左衛門と佐竹甚右衛門との連名で出された上申書をめぐって、老中方と若年寄方の面々がそれぞれに難しい顔を突き合わせていた。

「帳簿付けに金がかかるのは存じていたが、改めてこう出されると、何とも勿体《もったい》のうござるな」

一同の沈黙を破って、大きくため息をついて見せたのは、今年で五十六歳となった首座の老中「松平《まつだいら》右近将監《うこんのじょう》武元《たけちか》」である。

その横には、次席で四十五歳の「松平右京大夫《うきょうだいぶ》輝高《てるたか》」と、三席で五十一歳の「松平周防守《すおうのかみ》康福《やすよし》」、そうして最近になって新規に老中方へと入ってきた六十四歳の「板倉《いたくら》佐渡守《さどのかみ》勝清《かつきよ》」が四席に、五十一歳の「田沼《たぬま》主殿頭《とのものかみ》意次《おきつぐ》」が老中格（老中見習い）として末席に着いていた。

一方の若年寄方は、四十歳で首座を張る「水野壱岐守忠見」を筆頭にして、次席は五十六歳の「酒井《さかい》石見守《いわみのかみ》忠休《ただよし》」、三席はまだ若年寄になって二年しか経たない五十九歳の「加納《かのう》遠江守《とおとうみのかみ》久堅《ひさかた》」と並び、末席に着いているのは去年入ったばかりの「水野豊後守《ぶんごのかみ》忠友《ただとも》」で、この末席の豊後守だけは首座の壱岐守より年下の三十九歳であった。

そんな若年寄方の複雑な年齢配分も手伝ってか、今日、水野壱岐守忠見はいつもより大いに意気を張っていて、首座の老中である「右近将監さま」に引き続いて自ら意見を述べていた。

「これほどの費用がかかっておりますというと、たしかに目付どもの申しますよう、見直しも考慮に入れるべきかと存じまして」

だからこうして目付なんぞの上申も受け入れて、この場にこの議題を持ってきたのでございますと、水野壱岐守はそう言いたいのである。

その壱岐守の言葉の奥には、下賜に待ったをかけようとする目付方の上申を通してしまったことへの「畏れ」がある。

すると案の定、老中方のなかでは四席に着いている板倉佐渡守が、ずばりと壱岐守の心配を突いて、言ってきた。

「しかして、こたび下賜の取り止めという事態になれば、『上様よりの下賜』という、本来は有難く尊きものに傷をつけることにも相成りましょう。やはり下賜の取り止めと、勘定方の帳簿の不具合のことは切り離して考えましたほうが……」

「いや、佐渡どの。『切り離し』は成るまいて」

横手から鋭くそう言ってきたのは、次席老中の松平右京大夫である。

「このまま下賜を行《おこの》うてしまえば、やはり十左衛門らの懸念の通り、臼井とやらの帳簿付けのやりようは、広く手本とされてしまおう。さすれば、また何千両と勘定方の費用《かかり》が増すことになるぞ」

「いや、ですが、やはりいったん決まった上様よりの下賜を無いものにいたすなど、あまりに……」

日頃は決して上位の老中に楯突《たてつ》くことなどしない板倉佐渡守であるが、今日ばかりはどうしても黙ってはいられないらしい。

それというのも、この板倉佐渡守は、こうして老中になる前は、長く「側近」として上様のお側近《そば》くで働いており、老中に上がる直前には、若年寄よりも上位の役職である『側用人《そばようにん》』にまで上りつめた人物であるのだ。

そんな自身の経歴もあって、上様を軽んじることになる下賜の取り止めには、どうしてもも賛成できないようだった。

「したが、このまま何万両も使わせておいて良い訳がなかろう？　いわば、こたびが一件は、勘定方に無駄を切り落とさせるには、千載一遇《せんざいいちぐう》の好機《こうき》でござるぞ」

そう言った次席の右京大夫の声は、すでに声高になっている。

この次席老中がとてつもなく短気であるのは、ここにいる皆が知っていることで、たぶんこのまま板倉佐渡守との論争を続ければ、御用部屋《へや》の外にまで鳴り響くほどの怒声を上げるであろうことは、明白であった。

「ふう……」

そんなこの場を見て取って、わざと大きくため息をついてきたのは、老中首座の松平右近将監であった。

「勘定方に喝《かつ》を入れ、なおかつ上様よりの思し召しを無駄にせぬようにいたせばよいのでござろう？　なれば、こたびの下賜については、代官の臼井とやらにのみ実施いたせばよかろうて」

「え……？　あの、右近さま、『こたびの下賜は、臼井のみ』とおっしゃいますのは、どういうことで？」

訊いたのは、次席の右京大夫である。

さすがに自分より上位の首座老中の言葉であるから、「何のことだ？」と本心ではいらついていても、右京大夫も強くは訊けない。

すると、そんな「右京どの」を見て取って、首座の右近将監はこう言った。

「目付方よりの報告によれば、この『臼井何某』とか申す代官は、新参で若いに似ず、自領の領民を上手く治めて、ようやっておるではないか。これを素直に褒めぬ手はあるまい。『これよりも代官として精進し、上手く領民を治めて、年貢の高も相増やせ』と言って、予定通りに褒美を取らせれば、それで八方、納まるではないか」

「おう！　いやまこと、それは妙案にてござりまする。さすれば、勘定方に喝を入れつつ、下賜の体裁《ていさい》も保てて、一石二鳥にてございますな！」

「これ、右京どの。お声が高い」

長い付き合いの次席老中に、それこそ喝を入れて、右近将監は黙らせた。

このこたびの目付方よりの上申書を読んだ時には、「十左衛門め、これはまた難しきところを突っつきおって……」と、瞬時に頭が痛くなったが、どうやらこれで今日のところは片《かた》がついたようである。

首席老中の役割を無事に果たせて、「やれやれ……」と、右近将監は小さく息を吐いたが、ふと今の会議を振り返ってみれば、今日はしごくめずらしく、新参の四席である「佐渡どの」が盛んに口を利《き》いてくれたものである。

新参である四席・五席の寡黙《かもく》さに、日頃から頭を悩ませていた右近将監は、今日の「佐渡どの」を思い出して、嬉しくなった。

つと皆を改めて眺めれば、それぞれに、この結論に満足はしているらしく、ほっとした表情になっている。

そんな一同を眺めながら、「勘定方の帳簿付けを見直すなどと、本当にできるものであろうか……」と、右近将監は、小さくため息をつくのだった。


武蔵の国三百六十八ヶ村を治める臼井亀三郎に下賜が行われ、その見分役として、目付の佐竹甚右衛門が立ったのは、それから幾日も経たない頃のことである。

下賜されたのは、常の通りの『時服《じふく》』であり、夏の今にはぴったりの薄絹の最上級の一反であったが、これは残念ながら村の者らには分けてはやれない。

またも臼井は自腹を切って、役宅で宴会を開いたが、その臼井が村の者らに見せて広げた褒美の一反は、御料所中の皆の自慢となったのであった。

第三話　接待

一

佐竹甚右衛門が身体を壊して登城できなくなったのは、臼井代官への下賜《かし》が済んでから幾日も経たない頃のことだった。

本丸御殿の玄関脇にある徒目付の番所に、佐竹家からの使いの若党がやってきて、

「ご筆頭の妹尾さまに……」と家人《かじん》がしたためたという文《ふみ》を届けてきたのだ。

それが今朝のことである。

文によれば、佐竹が動けぬようになったのは今朝もまだ日の出る前の時分のことで、いつもならとうに起き出してくるはずの当主の佐竹がなかなか起きてこないので、身の周りの世話をする若党が寝所に足を運んだところ、高熱を出して唸《うな》っている佐竹を

見つけたということだった。

その文を受けて佐竹の容態《ようだい》を案じた十左衛門が、「とにかく何ぞ少しでもいいから、その後の容態が知りたい」と、佐竹家の屋敷まで様子を見に行かせたのは、『勝手掛』の徒目付・有沢彦市郎である。

有沢は佐竹の補佐として日頃から何かと屋敷に出入りしているため、佐竹の家の者たちも、有沢ならよけいな気を遣わずに済むであろうと考えたのだが、その有沢が、夕刻、目付部屋まで戻ってくると、十左衛門は急ぎ自分から駆け寄っていった。

「おう、有沢、戻ってまいったか！」

とにもかくにも心配で、今か今かと待ち構えていたのである。

「どうであった？　佐竹どのは、どんなご様子であられた？」

「まだ熱に浮かされておいでで、とてものこと、私なんぞが声をおかけすることなどできないご様子にてございました。何でも医者の話では、ひどく疲れて芯からお身体が弱っているところに、質《たち》の悪い風邪でもひき込んだかして、苦しまれているに違いないと」

「さようか……」

十左衛門は、沈鬱《ちんうつ》に目を伏せた。

「質の悪い風邪」と聞いて、瞬時に頭に浮かぶのは、二十数年前、流行《はや》り風邪をこじらせて、二人ともに亡くなった両親のことである。十左衛門が二十三歳の時だから、父親も母親もまだ四十半ばになるやならずというところで、つまりは今の十左衛門や佐竹と同じような年齢だったということなのだ。

「やはり先日の『あの調査《しらべ》』で、身体の芯から疲れてしまわれたのであろうな……」

十左衛門がそう言うと、有沢もうなずいてきた。

「とにかく暑うございましたし、何せ三百六十八ヶ村もございましたので」

「さようさな……」

三百六十八ヶ村とはいっても、なかには村を構成する百姓家が十戸もないような、しごく小さな村もあり、そうした小村は近辺の村と合同する形で帳簿も作成されているから、数ヶ村をまとめて見る形にはなるのだが、それにしても三百六十八というのは、とてつもない数である。

そこを佐竹は、有沢ら配下たちに任せきりにせずに、一ヶ月《ひとつき》近くもかけながら一つ一つまわった訳で、傍《はた》から見れば「目付自身が、直《じか》に足を運ぶ必要はないだろう？」と、かえって非難されかねないところなのだが、その少々「やり過ぎ」かとも思える佐竹の行動には、実は重大な理由があった。

かねてより佐竹は『勝手掛』の目付として、勘定方の諸々の事務処理が人手も費用もかかり過ぎている実態を問題視しており、こたび臼井代官の御料所《ところ》が完璧な形で諸帳簿を提出したと聞き、村々をまわって名主たちの話を聞いたり、実際に帳簿付《ちょうづ》けしているところを見学したりすることで「どの事務処理を省《はぶ》けば、代官や村方の者らの負担を減らせるか」といったあたりを、ついでに調査してきたのである。

村にはそれぞれ「昔からのやり方」というようなものがあり、同じ種類の帳簿でも微妙に作成の仕方に違いがある。

そんなところも実際に見てくることで、「これからの事務処理の改革に活かせる何かが得られるのではないか」と佐竹はそう考えて、筆頭の十左衛門に理由を話し、調査に日数がかかるのを許可してもらった上で、有沢ら配下とともに騎馬《きば》で通行の時間を精一杯に短縮しながら、村々をまわってきたのだった。

「その間、下賜の実施に『待った』をかけた形になっていたゆえ、佐竹どのはそれを気にして、村まわりを急がれたのであろうな。実際この暑さのなか、あれだけの数の村々をまわったのだから、そなたらも大変だったであろう」

「いえ、私どもは……。ですが、実を申せば佐竹さまは、途中、幾度か本当にお辛《つら》そうでいらっしゃいまして……」

同道していた臼井代官も心配して、途中、道筋の百姓家に頼んで、休ませてもらったこともあったという。

「さようであろうな……」

そんな佐竹ら『勝手掛』の尽力の甲斐あって、「天領支配の帳簿付けに、安易に完璧を求めることの是非《ぜひ》」を問うことができた訳だが、かといって、では今後どのように改革していけばよいものかについては、とてものこと一朝一夕で正解《こたえ》が出る訳ではない。

『勘定奉行』や『勘定吟味役』、『勘定組頭《かかり》』などといった勘定方の上位の役人たちと、今後は前向きに協議を重ねて、無駄な経費をでき得るかぎりに減らせるよう改善していかねばならないと、あの後、佐竹は十左衛門にもそう言っていたものだった。

「して、彦市郎。佐竹どのは、すでに何ぞか勘定方に向けて『声がけ』をなさっておられたようか？」

「いえ。実は『帳簿付けの改善』より先に、こたび組頭の岩上たちが、真面目な臼井に目を付けて、いいように動かしていたのが気になっておりまして……」

むろん上役である『組頭』が自分の配下の者たちを使うにあたって、

「あの者はこの仕事を得意としているから、次もこれについてはあの者に任せよう」

とか、

「何某《なにがし》は、万事あれこれ仕事もできて、仲間うちに人望もあるから、しかるべき機会があれば、昇進の推薦をしてやろう」

などと考えるのは妥当といえるものなのだが、あの臼井亀三郎を代官に推したことに関しては、「臼井なら、すべてこちらの言う通りに動くだろう」と考えて、おとなしくて生真面目な臼井を利用した感が否めない。

もしこうした風潮が勘定方のなかに蔓延《まんえん》していて、岩上のように上位の者が自分の私的な思惑で何でもいいようにしているとしたら、目付方としては、それをそのまま放っておく訳にはいかない。また、そんな不当がまかり通るということ自体が、勘定方の風紀の乱れを物語っているのだ。

「『誰』と狙って探る訳ではございませんので、調査《しらべ》に『はか』がいきませせぬが、幾人かで手分けをし、あれこれと探っているところでございまして」

「さようであったか……」

十左衛門はうなずくと、先を続けてこう言った。

「なれば彦市郎、この先も何ぞかあれば、儂がところに報告を入れてくれ。勘定方には暗いゆえ、頼りにはなるまいが、佐竹どのがお身体を治して戻られるまでは、儂が代理《かわり》をいたそうからな」

「はい。お有難うございまする」

「よろしゅう頼むぞ」

「ははっ」

有沢は嬉しそうに頭を下げると、目付部屋を出ていくのだった。

二

有沢ら『勝手掛』付きの配下たちの綿密な調査は、だが思いがけない実状をあぶり出すこととなった。勘定方の下役人のなかに、最近やけに暮らしぶりが派手になった者たちが存在することが、判明したのだ。

あぶり出されたのは三人で、いずれも勘定方のなかでは『普請役《ふしんやく》』と呼ばれている者たちである。

天領内の河川や用水の管理・保全を担当している普請役は、順次、川筋をはじめとする水場を巡回して、農業用水となる川や池の水量はどうか、堤防《つつみ》は崩れかけていないかなど見てまわっているのだが、常時、百名以上はいる普請役の者らの間で、「最近やけに金まわりの良さげな者がいるらしい」との噂が立っていたのだ。

普請役は御家人身分の幕臣が就く役で、役高は最古参の者でも五十俵三人扶持で、たいていは三十俵三人扶持止まりが普通なのである。

その小禄で「金まわりがいい」というのだから、胡散臭《うさんくさ》いこと間違いなしで、有沢は噂の三人の周囲をある程度まで調べ上げると、目付部屋にいた「ご筆頭」のもとへと報告に訪れていた。

「まず一人は、四十二歳の『近藤為次郎《こんどうためじろう》』と申す古参の者にてございまして、残る二人は三十五歳の『湯川沖三郎《ゆかわちゅうざぶろう》』と、二十三歳の『副田弘之助《そえだひろのすけ》』にてございました」

この三人がそれぞれに、酒食や遊女屋遊びで散財したり、妻子に高価な品々を買い求めてやったりと、普請役の仲間の間でもっぱらの噂になるほどに贅沢《ぜいたく》な暮らしをし始めていたのだ。

「四十二だ、三十五だ、二十三だと、そうして年齢《とし》がまちまちということは、その者らは村方をまわる際に行動をともにする、いわゆる『組内《くみうち》（組んで仕事をする仲間）』ということか？」

「はい。近藤ら三人が主にまわっておりますのは、荒川の周辺の村々だそうにてございました」

武蔵国足立郡の村々およそ二百ヶ村あまりが、近藤たちの担当であるそうだった。

「足立郡の村方というと、先般の臼井代官が所領の近くということか？」

「いやそれが『普請役』と申しますのは、あくまでも川筋のような水場に沿って担当が分かれておりますようで、先般の臼井代官が所領の足立の村々も含めての二百ヶ村だそうにてござりまする」

荒川に沿って、川の流れ具合や堤防の良し悪しなどを確かめながら、川の水が無事に農業用水として機能しているのを確かめてまわるのである。

「ですがご筆頭、実はその『普請役』に、どうやら新たに別の任務《やくめ》が足されたようにてございまして」

「別の任務？」

「はい。どうも昨年あたりから勘定所では普請役の者らに命じて、川筋や水場の見分のついでに『検見《けみ》（検地《けんち》）』までさせておりますようで……」

「えっ？」

と、十左衛門が驚いて絶句するのも、無理からぬことではあった。

そも「検見」ならば、郡代や代官が収穫時期に行って、それに見合った年貢の量もすでに決められており、それぞれの村に通達もされているのである。

それをどうして水場を確かめるだけのはずの『普請役』に、今更に重ねて検見をさせようというのか、いっこう訳が判らなかった。

「検見の際に洩れているわずかな『新田』や『起《お》き返《かえ》し』をすべて見つけて、少しでも取箇（年貢量）を増やそうという試みのようにてござりまする」

「いや、そこか……」

起き返しというのは字の通り、「休耕して荒れ地になっている土地を起こして、再び耕作地に返すこと」である。

新田や新畑の開墾《かいこん》は大変な作業なので、さほどしょっちゅう行われる訳ではないのだが、「起き返し」と呼ばれるほうは、どの村でもちょこちょこと、あちらこちらで行われるのが普通で、もとは耕地であっただけに再び植え付けができるほどに耕すのも、そこそこ容易なのである。

だがそうした、いわば「ついでに耕された農地」は、たいていは大した広さではなく、おまけに「今年はついでに耕して植え付けもしてみたが、来年はまた使わずに休耕地に戻してしまう」可能性もままあるため、いちいち農地として計上して帳簿まで作成するのは面倒で、代官も村の者たちも、検地の際に農地として数に入れていないのが、ほとんどなのである。

だが一方、勘定所側ではそこを目ざとく追及して、少しでも年貢の量を引き上げようという目論見《もくろみ》だというのだ。

「では、くだんの近藤とか申す者たちも、そうした細かな新田や起き返しを探しまわっていたという訳か」

「はい……」

いつもなら担当の村々を巡回していても、農業用水となる川や池の水量はどうか、堤防《つつみ》は崩れかけていないかなどを見てまわっているだけなのだが、昨年からは、ついでに「農地こぼれ」を探して、見てまわっているらしい。

「近藤ら普請役が、実際どんな態度で見てまわっているものかは判りませぬが、どうやら『起き返し』のたぐいを見逃してもらえるよう、村方から賄賂《まいない》が渡されたのではないかというのが、ほかの普請役の者らの噂にてございました」

「やはりな……」

そうでなければ、五十俵三人扶持だ、三十俵三人扶持だで、派手に遊べる訳がない。

「して、渡したほうの村の名などは判るのか？」

「はい。ほかの普請役ら《もの》の見立てでは、荒川の中流《なか》ほどにございます野津《のつ》村や西野津《にしのつ》村、江田《えだ》村あたりでもらったのではないかと、ずいぶんと酒場で羨ましがっておりました」

「さようか……」

賄賂が幕臣に渡されたとあっては、何としても真相を究明して、しかるべく近藤ら三人はもちろん、渡した側の村方の者たちのことも糾弾《きゅうだん》しなければならない。

「よし、彦市郎。なれば、その荒川の村方まで出張《でば》って探ってみるか」

「え……？」

と、有沢は息をのんだようだった。

「ですがご筆頭、何せこの暑さでございますし、よろしければ私どもだけで……」

この連日の暑さのなか「ご筆頭」を連れまわして、「佐竹さま」の二の舞にさせてはと、有沢は困惑しているらしい。

だが十左衛門には、こたびばかりはどうしても「直《じか》に出張って、村方の実状を見たい」動機があった。

「いやな、縦《よ》しこたび勘定方が、この新規の政策のたぐいをこのままに遂行するつもりであるのなら、大いに改善の必要があろうと思うてな。村方より賄賂を受けているのは、何も近藤ら三人に限ったことではあるまい。実際のところ村々が、いかな具合に普請役の者らと接しているか、そのあたりを知らねば改善は望めぬからな」

「さようでございますね……」

有沢も大きくうなずいた。

「なればご筆頭、ちとご面倒をばおかけいたしますが、村方を探るにあたって、是非にも一つ、ご相談が……」

「相談？」

「はい」

と、一膝、身を乗り出してきた有沢彦市郎に、十左衛門も近づいて耳を貸すのだった。

三

有沢の持ちかけた相談というのは、村方の調査をするにあたっての「策」についてであった。

かねてより有沢は、「村方をまわって探るなら、近藤らのごとき『普請役』のふりをして、村々を歩いてみるのが上策であろう」と、そう考えていたのだ。

そも普請役は、村方の者らに対して「こちらは江戸城《しろ》から来た役人であるのだぞ」

という威厳を見せつけるために、羽織袴《はおりはかま》の姿でまわる。

それゆえ十左衛門や有沢たちも紋付の羽織を着て、袴は旅装の野袴《のばかま》の形に、普段穿《は》く袴の裾《すそ》に別珍《べっちん》（ビロード）の布地を縫い付けて、裾が傷まぬようにしたものを穿くことにしたのである。

本来であれば、馬で江戸城から当地の村まで乗りつけたいところだが、下役人である普請役は「徒歩《かち》」である。

十左衛門ら一行は騎馬で江戸城から『中山道《なかせんどう》』に入り、『板橋宿《いたばししゆく》』を抜けた先の『戸田《とだ》の渡《わた》し』で馬を預けて、渡し舟で荒川《あらかわ》を渡った。

そこからは、いよいよ普請役を装って、徒歩である。

戸田の渡しは幸いにして水嵩《みずかさ》も平常で、本来ならば馬船《うまぶね》で馬ごと渡してもらうこともできたのだが、渡った先はすでに田畑が広がっているから、どこでどう当該《とうがい》の村の者らに目撃されるか知れないため、大事を取って徒歩にしたのだ。

渡った先から歩き始めた「ご筆頭」のすぐ後ろに付きながら、有沢は世間話に声をかけた。

「このあたりは、たびたび『大水』となりまして、渡しができなくなるそうにてございますが、一度などは、なんと一里《いちり》（約四キロメートル）ほどにも川幅が広がったそうにてございまして」

「一里もか？」

十左衛門が目を丸くすると、

「そのようで……」

と、有沢は先を続けてこう言った。

「必定《ひつじょう》、そうして大水となりますと、川縁の堤防《つつみ》が破れて、周辺の田畑が水浸しになることも多うございますようで、以前、同じく佐竹さまの下にて動いております徒目付《もの》が大水のすぐ後にこちらを見分に来ましたところ、すでに穂を持った田んぼが水に浸かって、目を覆《おお》いたくなるような風だったそうにてございました」

「さようであったか……」

たしかにこの大きな川が氾濫すれば、周辺の村々には甚大な被害が出るだろう。

八月の今、田んぼには穂を持ち始めた稲が、強い陽の光を受けて輝いており、この一面の豊作を約束された景色が、もしそうしたひどい風雨で水に沈んでしまったらと思うと、ぞっとするようだった。

道は田の畔《あぜ》を広くして固めたような、川に沿った一本道で、右手には一面に緑の穂を持った田んぼが広がり、左には荒川の水面が、ギラギラと残暑の陽を反射させて光っている。

その水面の眩しさから逃げて、右手の緑に目を移すと、あちこちの田んぼでちらほらと農作業をする者たちの姿が見えてきた。

「やはり皆、こちらを窺《うかご》うているようにてございますね……」

後ろから小声で有沢がそう言ってきたが、なるほど近場の田んぼにいる者も、遠くに小さく見える者も、それぞれにあれこれ農作業を続けながらも、ちらりちらりと十左衛門ら一行の動向を窺っているようである。

そんな視線を感じつつも、このあたりの絵図（地図）を見ながら歩いている有沢彦市郎の先導で、川沿いの道から右手に伸びた横道に曲がって、さらに田園のなかを進んでいくと、目の先に少し大きな集落が見えてきた。

「ご筆頭、おそらくあれが野津村ではございませんかと……」

「おう、あれか」

これまでも遠くに幾つか村らしき集落はあったが、今、道の先に見えている集落はかなり大きなものである。

この一面の田園のなかのどこまでが、あの大きな村の持ち物なのであろうかと十左衛門が見渡していると、かなり向こうに、休耕田であろうか、雑草が生えっぱなしになっている一画が見えた。

よく見れば、だがその草地の続きのような角の土地が、小さく田になっている。

「彦市郎」

と、十左衛門は有沢に声をかけると、その小さな田んぼを指差した。

「あの先のずっと続いた草地の続きに、小さく田が見えるであろう？　あれがくだんの『起き返し』というものか？」

「ああ、あの向こうの草地の先でございますね？」

有沢は言われた先を確認すると、大きくうなずいた。

「あの草地は、もとは田んぼでございましょうし、あの一角《いっかく》だけを耕して、植え付けをいたしましたものかと」

「やはり、そうか……」

言いながら十左衛門はその小さな田のほうへと近づくと、しげしげと眺め始めた。

「かように小さき田んぼでは、幾らも米は穫れぬであろう？　まずは『一人扶持《いちにんぶち》』にも足りまいて」

「さようでございましょうね……」

一人扶持というのは、武家の家禄で「何十俵何人扶持」などというところの「一人扶持」で、すなわち一年間に大人一人が喰う分の米の量のことである。幕府では一人一日玄米《げんまい》五合《ごごう》の計算で、一年間でおよそ五俵が「一人扶持」となっていた。

「ですがご筆頭、実際これなどは、まだよいほうにてござりまする。この田の半分にも満たないものが、おそらくはどの村にもございましょうから」

「いや、さほどに細かいか……」

十左衛門は、いささか呆れてため息をついた。

そんな細かな『起き返し』をいちいち拾い集めて、実際のところ一村で、どれほどの増収になるというのであろう。

むろん、すべての天領の分を合わせれば、そこそこの年貢増にはなるのであろうが、起き返しも新田も、正式に村の収穫量として計上するには、その村と勘定所との間で「報告」と「承認」に関する何通かの書状のやり取りをしなければならず、いちいちそれにかなりの実費がかかることとなる。

おまけに自然が相手の農作業であるから、必ずしも来年もそのままに、その土地を使えるとは限らない。手をかけて耕して植え付けをしても、それに見合うほどの収穫が得られなければ、来年はまた休耕地として戻されてしまうかもしれないのだ。

「いや彦市郎、やはりこうして直に足を運んでよかったぞ。佐竹どのから話は聞いて、判ったつもりでおったのだが、まさか『起き返し』というのが、さほどに細かきものだとは思うてもおらなんだゆえな」

そう言って十左衛門が、後ろにいる有沢に改めて向き直った時である。

集落のほうからばらばらと、村の者らと見える四、五人の男たちが小走りに近づいてきて、十左衛門ら一行の前で止まると、いっせいに深々と頭を下げてきた。

「野津村の名主をいたしております、『長左衛門《ちょうざえもん》』と申す者にてございます。お役人の皆々さまにおかれましては、やはり『ご普請』のお役目で、こちらのほうをご見分に……？」

「…………」

そう訊かれて、十左衛門が一瞬、嘘をつけずに困っていると、横手から、こうした変装の調査《しらべ》に慣れている有沢が、助け舟を出して言ってきた。

「さよう。我らは江戸城《しろ》からきた『普請役』の者だ。悪いが、ちと勝手に見させてもらったぞ」

有沢がそう言ったとたんに、名主の後ろにいた男たちがざわざわと、互いに顔を見合わせ始めた。

「ん？　どうした？　何ぞあるなら、遠慮せずに申してみよ」

「いえ、その……」

有沢に言われて、男の一人が何か言いかけたのを目で押し止めて、名主の長左衛門が話に割って入ってきた。

「お暑うございましょう。まずはご見分をなされる前に、拙宅にて一休みなさってくださいませ」

「うむ……」

と、即座に返事をしたのは、これまでは何も言わずに黙っていた十左衛門である。

「なれば彦市郎、そうさせてもらうか?」

「はい」

とにもかくにも、村の者らとじっくり接してみなければ、近藤ら三名との繋がりも判らないのだ。

この先どこまで普請役のふりで通すべきかは判らなかったが、十左衛門は有沢ら配下とともに、名主の先導で歩き出すのだった。

四

案内された長左衛門の屋敷は、しごく立派なものだった。

おそらくは昔からの名主の家系なのであろう。重厚な長屋門《ながやもん》を抜けると目の前に、萱葺《かやぶ》きの堂々たる大屋根の母屋《おもや》が、視界いっぱいに横たわる形で建てられており、玄関に向かう前庭を飾る幾本かの松も、いかにも古木らしい枯れた風な木肌を見せながらも、どの枝もどっしりと太く、美しく整えられている。

長左衛門にいざなわれて玄関から内部《なか》に入ると、やはり名主の屋敷らしく、代官ら幕府の役人を迎えても失礼のないように、まるで大身《たいしん》旗本家の屋敷内のような武家風の立派な客間が設《しつら》えられていた。

十左衛門らが上座《かみざ》を勧められて座るやいなや、すぐに屋敷の奉公人と見られる者が茶や菓子を運んできて、客のもてなしに慣れている様子が窺える。

佐竹もこうした名主の家に立ち寄っては、時にそのまま寝泊まりさせてもらいながら、三百六十八もの村々をまわりきったということなのだろう。

その立ち寄りや寝泊まりの際に、当然、今の十左衛門らと同様に、茶や菓子や食事のもてなしも受けたであろうし、ことに泊まらせてもらう時には夕飯や朝飯などの食事のほかに寝床の用意もしてもらい、風呂にも入れてもらったかもしれない。

そんないわば「当たり前のもてなし」の先に、「饗応《きょうおう》」とでもいうような豪華な酒食の接待があり、またそれがさらに度を越した形で「賄賂」までが付くような異常で不正な接待となる。

近藤ら三名の普請役の場合も、その当たり前のもてなしで済ませておけばいいものを、おそらくは出されるままに酒を飲み、賄賂まで受け取ってしまうから、もてなしが一線を超えて「不正」となってしまうのだ。

そんなことを考えて、十左衛門がつい長く黙ったままで動かずに座していると、そんな「お役人さま」の様子に得体の知れなさを感じたものか、前で名主の長左衛門がこんなことを言ってきた。

「改めまして、私はこの野津村で代々名主を務めております『長左衛門』と申しまして、後に続いておりますのが、組頭の『靖蔵《やすぞう》』と『富七《とみしち》』でございます」

「さようか。いや、名乗り遅れて済まんかったが、拙者は妹尾十左衛門で、こっちは有沢彦市郎だ」

「『妹尾さま』と、『有沢さま』で……」

十左衛門と有沢、一人ずつに目を合わせて確かめるようにそう言うと、長左衛門は少しく探るような物言いで訊いてきた。

「妹尾さまと有沢さまは、『近藤さま』とおっしゃるご同役のお方とご懇意《こんい》で？」

「いや……。むろん『近藤為次郎』なら存じておるが、別段、懇意という訳でもない。したが、そなた、あの近藤に何ぞかあるのか？」

「ああ、いえ、そうした訳では……」

どうも互いに肚《はら》の探り合いの様相を呈してきたが、もう一押し、まだしばらくは普請役のふりをして、近藤ら三人にどういう「もてなし」をしたのか訊き出さねばならない。

「…………」

すると長左衛門は、部屋の隅で控えていた奉公人を目で呼び寄せると、何やら急いで耳打ちをして、用事を言いつけたようだった。

わざと黙って見ていると、ほどなく奉公人が戻ってきて、いかにも小判《こばん》が包まれているのが判る紙の包みを二つ、主人の長左衛門に手渡している。その怪しい紙包みを受け取った長左衛門は、案の定、十左衛門ら二人のほうへと向き直ってきた。

「些少《さしょう》ではございますが、どうかお納めくださりませ」

そう言って、十左衛門と有沢一人ずつの前に紙包みを置いて押し出してくる。厚みから予想をするに、たぶん「五両」というところであろうか。

いっこうに手を出そうとしない十左衛門らを見て取って、長左衛門はぐいぐいと、いよいよこちらの膝近くにまで紙包みを押し付けてきた。

「何だな、これは……」

十左衛門が声を一段低くしてそう言うと、長左衛門はこちらとは目を合わせずに、やおら畳に両手をついて頭を下げてきた。

「どうぞ、そうおっしゃらずに、お納めくださりませ」

「何を言う？　第一、そなた、我らを一体何だと思うておるのだ？」

「それはもちろん、ご普請役の皆さまのご新規のお役目につきましては、私どもとて重々に存じ上げているつもりでございます。ですが、何ぶんこのあたりは、川からの出水《でみず》も多うございますので……」

長左衛門は顔を上げると、ここで初めて必死な表情で、本心を見せてきた。

「去年なども大きくこそございませんでしたが、川沿いの田のあちこちが収穫の直前に川からの溢《あふ》れ水にやられまして、ひどく等級《とうきゅう》の落ちた米になり、年貢には出せぬようになりました。今年とて、この先どうなるとも判りません。どうかもう見分はお許しをいただいて、何とぞ『ご定免《じょうめん》』のままに……」

長左衛門の言った『定免』というのは、田んぼ一反あたりの年貢高を決める方法の一つで、俗にいわれる「定免法」というものである。

定免法の場合は検地はせずに、あらかじめ決められた量の年貢を毎年必ず納めるという形になるのだが、今は過去三十年あまりの収穫高の平均を基準に、年貢高が決められていた。

この「定免」が認められるか、それとも「検見」となってしまうかは、村にとっては天国か地獄かというほどの大問題である。

定免が認められずに「検見」となれば、秋の収穫時期に代官たちが村にまわってきて、「ここ」と決めた田んぼを一坪分だけ実際に刈り取って、収穫量を細かく計量し、それに合わせて年貢の量を決められてしまうのだ。

そうなれば、たとえば今年がんばって「新田」や「新畑」、「起き返し」のたぐいを広げても、全部まるまる計量の対象とされて、年貢が増やされてしまう。

定免でよいか、検見となるかは、天領によってバラバラで、あの臼井代官のところは代官が新任ゆえ「検見法」とされていたのだが、この野津村は「定免法」が許されているのであろう。

そこを近藤らのような普請役が、事細かに小さな起き返しなどまで見分してまわり、定免で認められている量より実際の収穫量のほうが多いと見抜いて、それを江戸の勘定所に報告すれば、おそらくは直《ただ》ちに定免は許されなくなり、検見を命じられるに違いなかった。

「なら、そなた、村の定免を守らんとして、近藤為次郎ら三人に賄賂を渡したということか？」

「………………！」

と、絶句した長左衛門に、十左衛門は重ねて言った。

「すまぬが、実は我らは勘定方でも、普請役でもござらぬ。拙者は『妹尾十左衛門』と申して、幕府目付方の筆頭の目付でな。こたびは幕臣である近藤為次郎ら三名に、賄賂の不正の疑惑が見つかったゆえ、その真偽を確かめに参ったのだ」

「………………」

あまりにも驚いて、どうやら声が出ないらしい。長左衛門はもちろん、名主の長左衛門に続いて居並んでいる組頭たちも、まん丸に目を見開いて絶句していたが、ほどなく長左衛門が、急にガバッと十左衛門に向けて平伏してきた。

「申し上げます」

長左衛門は、顔を上げずに話し始めた。

「こたび近藤さまらご普請役の皆さまに、愚かにも賄賂をお渡しした次第につきましては、すべて名主の私の一存にてございました。ここにおります組頭の者らをはじめ、ほかの野津村の者たちも、賄賂についてはいっさい何も知らされてはおりませぬ」

「な、名主さま！」

後ろから組頭の靖蔵と富七が、慌てた様子で長左衛門に膝行《いざ》り寄ろうとしたが、その二人を長左衛門は鋭く目で制して、後を続けた。

「御目付さまに、重ねてお願い申し上げます。賄賂を渡した罪につきましては、どうか、どうか、この私が一身のみにて償わせてくださりませ」

「相判った」

そう言った十左衛門の対応《こたえ》に、

「ひッ……！」

と、かすかに靖蔵か富七かが声を上げてきて、見れば二人はうち揃って、血の気の引いた顔になっている。

そんな長左衛門や組頭たちの心情は手に取るように判ったが、一件《こと》は「賄賂」の話である。安易に情に流されて、見て見ぬふりをすることはできなかった。

「名主どの」

「ははっ」

長左衛門が平伏の形をさらに低くして頭を下げると、組頭の二人も、慌ててそれに倣《なら》って平伏してきた。

その三人の背中を見つめて、十左衛門は話し始めた。

「我ら目付《めつけ》方は、そも幕臣についての件《こと》が役目ゆえ、そなたら村方の者らに関しては、いっさい裁《さば》きをつけることはできぬ。したがって名主どのの進退《しんたい》についても、追って江戸の勘定方より、沙汰《さた》の報せがまいろうが……」

そう言い差すと、十左衛門はやおら平伏している長左衛門に近づいて、丸くなっているその背中に、そっと優しく手を添えた。

「したが、名主どの。いま少し、詳《くわ》しゅう話を聞かせてくだされ。江戸にいる我ら幕府の役人は、こうした村方の事情に、驚くほどに疎《うと》いのだ。儂が今そなたから話を聞いて、それを江戸の上《うえ》つ方《かた》まで伝えられれば、この将来《さき》の村方への『勘定方の方針』のごときを、わずかずつでもより良きものに変えていけるやもしれぬ。どうだな？さようには思わぬか？」

「御目付さま……」

長左衛門は目を上げて、かすかにうなずいたようである。

結句《けっく》その後、十左衛門ら一行は、日暮れが近くなるまで長左衛門の屋敷に留《とど》まっていたのだった。

五

江戸に帰ったその翌日、十左衛門は有沢だけを供として、新小川町《しんおがわまち》にある佐竹甚右衛門の屋敷を訪れていた。

ただ単に「見舞い」だといったら、嘘になる。

昨日あの後、あれこれと長左衛門や組頭たちから話を聞いて、作物を育てることの難しさや、何事もなく無事に収穫ができることの有難さを、つくづくと思い知らされた十左衛門は、こたびで知った村方の実状を幕政にどう生かせばよいものか、自分だけではいっこう良き正解《こたえ》が導き出せず、勘定方にも農政にも詳しい佐竹甚右衛門の考えを、是非にも聞いてみたかったのである。

数日前、佐竹家からも改めて文《ふみ》があり、いまだ自分で立ち歩くことはできないものの、ずいぶんと良くなって、物も少しは食べるようになったとの嬉しい報せであったので、その文に甘えて、佐竹の屋敷へと押しかける形となったのだ。

久方ぶりに会うことができた佐竹甚右衛門は、やはり頬がこけており、顔色も悪く白茶《しらちゃ》けて見えたが、それでも十左衛門らの来訪を喜んで、いつもの通りの温かい笑顔を見せてくれていた。

「して、ご筆頭。その近藤とか申す普請役の者らは、いかほどの賄賂を受けておりましたので？」

布団の上で身体を起こした格好で、佐竹は久しぶりの仕事の話に、何やら愉《たの》しそうである。

そんな佐竹の様子に、十左衛門もつい口調が軽く明るくなっていた。

「古参の近藤が七両、中堅《ちゅうけん》の湯川というのが五両で、新参の副田と申す若手が三両であったそうだ」

「いや、なれば、古参が新米から二両を取って、我が分を増やしたのでございましょうな」

そう言って苦笑いになった佐竹に、

「さよう、さよう……」

と、十左衛門も笑って見せた。

「名主どのの話では、儂や彦市郎に勧めた時と同様に、三人に五両ずつを包んだそうなのだが、何でも近藤ら三人は名主どのの屋敷を出てすぐに、畦道の真ん中で包みを開いて確かめておったそうでな。そこで副田が近藤に二両を差し出しておったのを、通りかかった村の者が目にしたらしい」

「村方の者らに見られていたとは、また何とも、情けない話でございますなあ……」

「さようさ。まあ、明日にでも三人を呼び出して、その場で捕らえるつもりなのだが、ことに古参の『近藤何某《なにがし》』という輩《やから》には、己《おのれ》が欲の醜さを、たんと判らせてやらねばなるまいと思うてな」

「まことに……」

幕府の役人として仕事で訪れている村方から、そうして平気で賄賂を受け取ってしまったのだから、御役御免《おやくごめん》は必定で、そうなると勘定方の普請役は『抱え席《かかえせき》』といって、その役に就いた当人一代きりの幕府勤めの職であるから、普請役を首になると同時に、幕臣の身分も剝奪されることとなる。

だが近藤ら三名は自分の欲でそうなるのだから仕方がない話だが、沙汰を決めるに問題となるのは、賄賂を渡した側の「長左衛門」であった。

近藤ら普請役に賄賂を渡した理由は、「村内《むらうち》の田畑を、あれこれ細かく見てまわって欲しくない」からである。

そう考えて「名主さま」が「江戸から来たお役人」に賄賂を握らせたことについては、むろん村民のほとんどが承知していたに違いない。

だが実際に賄賂とされた十五両は、すべて名主の長左衛門が私財から出したものであったため、こたび「賄賂の不正を行った」として処罰の対象となるのは、長左衛門ただ一人で済むこととなった。

「したが、その長左衛門の進退も含めて、もしこの先、野津村が『定免』を外されて、毎年の『検見』になるとなったら、それもまた、いかがなものかと思うてなあ」

あの荒川は、もとより大雨の際には川幅が広がって、一里ほどにもなったことがあるというのだから、長左衛門の申すよう、いつ何時《なんどき》ちょこちょこと堤防《つつみ》が切れて、そのあたりの田んぼが水浸しになっても、おかしくはないのである。

「聞けば、そろそろ収穫という時季に水浸しになるなら、まだ『まし』ということでな。それより前の、いまだ穂ができかけの時分に頭まで水を被《かぶ》ってしまうと、幼穂が枯れてしまったり、中身の籾《もみ》が上手《うま》く育たず死に米になったりして、収穫の高が激減するそうなのだ」

十左衛門がそう言うと、佐竹も知っていたらしく、

「まこと、さようにございましょうな……」

と、大きく幾度もうなずいてきた。

「川からの泥水なんぞを被った日には、すぐにも流水で洗わねば、病《やまい》を得たり、虫が湧《わ》いたりと、喰える米などできぬそうにてございますし、たとえば澄んだ雨水であっても、まずは七日もすっぽり頭まで水に沈めば、稲は呼吸《いき》もできませぬから、死に絶えてしまいますようで」

「いや、七日で全滅か……」

「はい……」

と、佐竹もいよいよ難しい顔つきになった。

「しかして、こたび下手《へた》に賄賂など渡してしまいましたことで、野津村は『懲《こ》らしめ』に、定免は外されてしまいましょう。ですが、いざ検見をいたしましたところで、はたして実際どれほどの年貢の増になりますものか……」

「…………？」

佐竹の話が急に思わぬほうへと進んでしまい、十左衛門は一瞬、取り残された形となった。

「佐竹どの。すまぬが、それはどういう……」

「いや、申し訳ございませぬ。ちと話が飛びすぎてしまいまして……」

佐竹は小さく頭を下げると、それでもやおら布団の上で、改めてしっかりと十左衛門のほうへと向き直ってきた。

「実は先般、臼井代官の所領をまわって、逐一、帳簿を確かめてまいったのでございますが、これが存外、『起き返し』と『荒地引高《あれちひきだか》』との間に、驚くような事実が判りまして……」

佐竹の言った「荒地引高」というのは、休耕して荒地になってしまった田畑に見込まれていた収穫分を、引き算することである。何から引き算するのかといえば、それは、従来から現耕地、休耕地の別なく「この村の耕地」として登録されてしまっている、村の耕地全体に対して定められた年貢の量からだった。

一方で「起き返し」のほうは、逆に足し算しなければならない訳だが、この足し算と引き算との関係に、意外な結果が出たというのだ。

「臼井代官の支配は三百六十八ヶ村にてございましたが、このうちの二百八十四ヶ村については、『足し引きしても、五俵と変わらず』にてございましたので」

「え……？　五俵にもならない、と？」

「はい。残りの八十四ヶ村につきましても、ほとんどが十俵までにもならぬ量にてございまして……」

新田の開墾のように規模が大きくなりがちのものとは違い、「起き返し」はあくまでも、元は耕地だったものが放っておかれて荒地となった場所を、また耕して田に戻すだけなので、足されても大した収穫量の差にはならず、もう一方の「荒地引高」も、その逆というだけだから、同様に大した差にはならないということなのだろう。

「考えますに、やはり結局どの村でも、一年の間に作付けができる広さというのは、一定の範囲のうちに納まるということなのかもしれませぬ」

「………」

佐竹の話を聞き終えて、どうも何だか他人事《ひとごと》ながらにがっかりするやら、気が抜けるやらで、十左衛門はため息をついた。

「『起き返し』だ『荒地引高』だと、一つでもそうした場所があれば、いちいち土地の大きさを測って、収穫すればどれほどの高になろうか算出し、それを書面に表して、江戸まで報告せねばならんのだろう？　さような手間と帳簿付けの経費をかけて、わずか五俵の差しかないというのでは、まさしく無駄骨《むだぼね》というものだな」

「まことと、そこにてございまして、『何千両、何万両』という勘定方の莫大な経費《かかり》を少しでも減らそうというのであれば、まずはこうしたところを割愛《かつあい》いたさねばなるまいと存じまして」

「さようさな……」

そうして細かい「起き返し」や「荒地引高」を計上せずに済むようになれば、このたびの野津村のように、普請役の見分を怖れて賄賂を渡してしまうということなど、おそらくはなくなるのだ。

「よし。いや佐竹どの、貴殿のおかげで、ようやく先が見えてまいったぞ。この伝《でん》で目付方として意見を推《お》せば、どうにかこたびが一件にも落着がつけられそうにござるぞ」

十左衛門がそう言うと、佐竹もいよいよ真剣な顔つきで、また一膝、寄ってきた。

「ではやはり、この先の勘定方の帳簿付けの仕事法《しかた》につきまして、目付方より意見書のごときを、御用部屋に上申なさるおつもりで？」

「さよう。そもこたびが一件は、そうしたことが元凶となって起きたのであるから、ただ単に近藤ら三人や長左衛門を、賄賂の罪で糾弾したところで、どうにもならぬ。根本を変えていかねば、またぞろ村方でこうしたことは起きようからな」

どの村方も、自分らの村を守り、自分の生活《くらし》を守ることに、日々、常に必死であるのだ。

「いやご筆頭、これで私もようやくに、すっきりといたしました」

見れば、佐竹の表情は晴れ晴れとしていて、心なしか顔色なども良くなってきたようである。

そうして佐竹は、まるで江戸城《しろ》の目付部屋か下部屋にでも戻ってきたかのように、現役の匂いをさせて、こう言った。

「して、ご筆頭。実は、上つ方に意見書を出すにあたって、実現のし易《やす》き事例のごときを建白《けんぱく》してはいかがかと……」

「おう、それは良かろう。是非、聞かせてくれ」

「はい。お言葉、有難う存じまする。で、その事例と申しますのが……」

佐竹は目を輝かせて話している。頬もこけ、寝間着の浴衣《ゆかた》の襟元から覗く首筋もいいように痩せこけてはいるのだが、おそらくは、この後の佐竹の復帰は早かろうと思われるのだった。

六

それから十日あまりが経った、ある日の昼前頃のことである。

江戸城本丸御殿の『御用部屋』のなかでは、老中方の五名と若年寄方の四名とで、いつものごとくの合議の真っ最中であった。

御用部屋では日々こうして、個々の忙しい「抱《かか》え案件」仕事の合間に、合議の時間を設けて、重要案件についての処理や裁《さば》きを決定している。

今は目付方から出されてきた、くだんの「御料所（天領）の起き返しと荒地引高について」の意見書を前に、頭を悩ませているところであった。

「十左衛門の奴めが、またも重ねて、こんな面倒な意見書《しろもの》を出しおってからに……」

独り言のように毒づいたのは、次席老中である松平右京大夫輝高である。

すると、そんな自分より上位の次席に追従する形で、老中方では三席の松平周防守康福が、大きくうなずいてきた。

「未《いま》だ先般に目付方から出された『帳簿付けの上申』についても、回答《こたえ》を出せずにおりますというのに、どうしたつもりで、またもわざわざ『寝た子を起こす』がような建白《けんぱく》を……」

「それは『こたび』と『先般』とが、繋がっておるからにてござろうが……」

横手から言い差したのは、首座の老中・松平右近将監武元である。

「したが、正直、勝手掛の佐竹が調べたと申す『起き返しと荒地引高の足し引き』の実態については、驚いたぞ」

「はい。僭越《せんえつ》ながら、まことにもって私も愕然《がくぜん》といたしました」

首座の右近将監に呼応して声を出してきたのは、なんと老中方のなかでは一等格下で見習いにあたる『老中格』の田沼主殿頭意次であった。

「去年より勘定方が始めました『普請役の新規の見分』につきましては、どうせ川筋を見てまわるついででございましょうし、別段、悪いこととも思わないのでございますが、こたび目付方より上申してまいりました『足し引き』の話が、本当《まこと》にほぼ五俵の内《うち》に入ってしまうほどの些少なものなのであれば、これは勘定方を巻き込んででも、大いに議論の価値がございますものかと……」

「おうさ、主殿頭どの。まこと、拙者もさように思うぞ」

励ますようにそう言ったのは、首座の右近将監である。

それというのも、以前、四席で老中をしていた「阿部伊予守《あべいよのかみ》」が急な病で亡くなって、その穴を埋める形で、四席に板倉佐渡守勝清と、その下に老中格として田沼主殿頭意次の二人が入ってからというもの、古参の老中三名と新規の二人の息が合わずに、互いに何やら遠慮ばかりをするようで、日々合議をしていても、なかなか活発な意見交換ができずにいたのである。

御用部屋をまとめて皆を引っ張っていかねばならない首座の右近将監にしてみれば、そうして万事、沈滞するばかりの状態を「どうにか改善せねばならぬ」とずっと気を揉んでいたため、今の田沼主殿頭のように積極的に意見を述べてくれるのは大歓迎なのである。

するとどうやら、何かと負けん気の強い次席老中にも火が点《つ》いたらしい。次席の松平右京大夫輝高が、横手から「負けじ」と、田沼主殿頭に向けてこんなことを言ってきた。

「したが、佐竹が考えたという『足し引きが五俵までにもならぬ際には、勘定所への報告《しらせ》は割愛《かつあい》する』というのは、どうなのだ？」

今、右京大夫が言った内容が、先日、佐竹が十左衛門に話した「実現のし易《やす》き事例」という、あれである。

目付方の総意として出した意見書のなかには、『勝手掛』である佐竹甚右衛門の名を出して、改善のための実行案が建白されていた。

「五俵を超すか超さぬかについても、『支配の代官に算出や判別を任せる』とあるが、代官によっては、怠惰《たいだ》に調査《しらべ》もせんかったり、五俵を超しても計上せんかったりすることもあろう。そうした、いわば不正のごときをどう抑《おさ》える？」

「なれば、それこそ『普請役』をまわらせて、不正の抑制といたせばいかがでございましょう？」

老中としては見習い格である田沼主殿頭だが、実はもう五十一歳にもなる、いわば熟練の幕府役人である。

ことに今は『老中格』でありながらも、上様の側近の長官である『側用人』も兼任していて、中奥《なかおく》（上様の居所）に勤める配下の役人たちを日々指揮して、監督していた。

そんな田沼主殿頭であるから、実際には幕政にも通じていて、なかなかの政治好きなのである。

それゆえ今、右京大夫との中身《み》のある政治論争は愉しくて、田沼主殿頭は嬉々として議論を続けて、こう言った。

「『いつ行く』とあらかじめ日程を教えず、いわば不意打ちに村をまわらせるようにいたしましたら、代官側も村方も手を抜いたり、不正をしたりはできなくなりましょうし……」

と、主殿頭がそこまで言った時である。

横で四席の板倉佐渡守勝清が、

「主殿《とのも》どの……」

と、戒《いまし》めるように小さく声をかけてきた。

老中方では一等下位の、それも正式な老中でもない田沼主殿頭が、次席の右京大夫と相対でいつまでも議論をし続けようとしていることに、不快を感じたのであろう。

もとよりこの板倉佐渡守も中奥の出身で、以前には『側用人』も務めており、田沼主殿頭からすれば、先輩であり、上役でもあったのだ。

そんな二人の関係性が、今よけいに板倉佐渡守を不快にさせて、叱責させたようだった。

「はっ」

小さくそう返事をすると、田沼主殿頭は、すぐに素直に引っ込んでしまった。

そんな二人の様子を見て取って、

「いやいや、佐渡どの……」

と、困った顔を見せたのは、首座の右近将監である。

右近将監は、板倉佐渡守に改めて向き直ると、真摯に目を合わせて話し始めた。

「なにも新規に御用部屋に入られたからとて、ご遠慮なさる必要はござらぬぞ。そも我らは老中方として、ともに手を取り合いながら、何かと難しき幕政を常に決していかねばならぬ『お仲間』ぞ。主殿どのもそうだが、佐渡どのも、思うたことは遠慮せず、何でも口にしてくだされ」

「ははっ。有難きお言葉、これよりは胸深くに留め置かせていただきまする」

「いや佐渡どの、そう固くならずとも……」

右近将監はさすがに苦《にが》りきって、言葉を止めた。

それというのもこの板倉佐渡守は、本丸の老中としては新参であるとはいえ、すでに六十四歳になっており、五十六歳の右近将監より八つも歳上なのである。

どこまでも嚙み合わなそうなこの歳上の新参老中《こちら》に、さすがの右近将監も打つ手を失っていると、横手から次席の右京大夫が、露ほどの屈託《くったく》もなく話題《はなし》を戻して言ってきた。

「とにもかくにも、まずは『勘定方』より意見を聞かねばなりますまい」

「さようさな」

右近将監も、大きくうなずいた。

この「右京どの」は人一倍短気で、つまらぬことでもすぐに腹を立てる嫌いがあるのだが、そのぶん「裏」というものはなく、しごく付き合い易いのである。

その次席老中に、今もずいぶんと救われて、右近将監は改めて「右京どの」に向き直った。

「なれば明日にでも、『勝手方』の勘定奉行らを呼び出して、話を聞くといたすか」

勘定方の長官である勘定奉行は、今は五人いるのだが、そのうち三人は『勝手方』と呼ばれて、年貢徴収を含めた幕府の財政全般を掌《つかさど》り、残る『公事方《くじがた》』の二人は、天領内で起こった公事訴訟（裁判）と、配下である勘定方役人の管理・統制を請け負っている。

それゆえ、こたびのような代官支配の行政問題に関しては、勝手方奉行たちの管轄《かんかつ》となるのだ。

だがその「勝手方の奉行らを呼びつけよう」という右近将監の言葉に、次席の右京大夫は首を横に振って、こう言った。

「いえ、右近さま。あやつらを呼びつけましても、いっこう話は進みますまい。こたびが一件《こと》は『帳簿付け』だの『起き返し』だのと、細かな実務にてございますゆえ、奉行たちでは、とんと何のことやら判らんことにてございましょう」

右京大夫は生来の口の悪さを発揮して、やれ「あやつら」だ、「とんと判らん」だと散々な物の言いようであったが、たしかにこうした細かな実務のことならば、『勘定組頭』や平の『勘定』たちに意見を聞くほうが早道であろうと思われた。

とはいえ、いわば上様の代わりに幕府の政治《まつりごと》を担っている、幕府最高位の職である老中が、勘定方の下僚である勘定組頭や平勘定たちと直《じか》に会談するなど許されないことだった。

「さればこの意見書に、我ら老中方よりの『鰭付《ひれつけ》』でも貼りつけて、勘定方へと差し下ろすしかなかろうな」

「さようでございますね。さすれば勘定所にて組頭たちも、我らがつけた『鰭付』を参考に、検討いたすことでございましょう」

「うむ」

二人が今、話題にしている「鰭付」というのは、いわゆる付箋《ふせん》のことである。短冊のような形に切った紙片に、注意書きや意見などを書いて貼り付け、本状の文章とともに読めるようにしておくのだが、その書状の右脇に魚の鰭のようにして、飛び出した形で貼り付けておくのが普通なため、「鰭付」と呼ばれている。

たとえばこたびの場合であれば、「この意見書に対して、老中方ではこのように考えている」とでもいったような内容の鰭付を貼り付けて、目付方から来た意見書をそのまま勘定方へとまわすのである。

「さようでございますな。なれば、鰭付のほうには、どのように?」

さっそくに身を乗り出してきた右京大夫を相手に、

「うむ……」

と、右近将監は正直に、考えるような顔つきを見せた。

「やはり十左衛門らの言うように、まずは『帳簿付けにかかる経費』を節減せねばなるまいが……」

「まこと、さようにございますな。『何千両、何万両と使いおってからに、いつまでも平気でいるな！』と、鰭付で叱責《しっせき》してやりましょう」

たぶん張り切っているのであろう。右京大夫自身は、首座の右近将監とのこの会話を有意義に感じているらしく、少しくはしゃいだ風にまでなっているのだが、一方の右近将監にしてみれば、そうした気分には、とてものことならない。

今日の合議ではめずらしくも田沼主殿頭が活発に意見をくれて、老中方をまとめねばならない右近将監としては喜んでいたのだが、「佐渡どの」の要らぬ横槍で、結局のところ最後はいつもの「自分と右京どのだけ」の会話に戻ってしまったのだ。

他の老中たちとは、ほぼ意見交換ができない現在《いま》の御用部屋の状態に、右近将監はもうすっかり、うんざりしていた。

「懸案にございますのは、やはり『足し引き』の算出や判断を代官らに任せて平気か否か、にございますが……」

右京大夫は、まだ一人、張り切って話している。

その「右京どの」の、いささか聞き飽きた声をまた長く聞かされながら、老中首座は内心で、ため息をつくのだった。

七

賄賂を受けて派手に遊んだ普請役、「近藤為次郎」と「湯川沖三郎」、「副田弘之助」の三名に、御役御免、幕臣身分剝奪の沙汰が下ったのは、それから幾日も経たない頃のことである。

だが一方、十左衛門が目付方の総意として出した意見書には、いまだ何の回答もなく、ただ単にこたびの賄賂に関わった者たちへの処分が、言い渡されただけだったのである。

賄賂に関わったうちの「渡した側」、野津村の名主である長左衛門は、あの後、正式に調査《しらべ》に入った勘定方の役人たちの手で捕らえられて、江戸の小伝馬町《こでんまちょう》にある『牢屋敷《ろうやしき》』に収監《しゅうかん》されていた。

牢屋敷というのは、幕府の監獄施設である。

敷地の面積は二六一八坪もあり、その周囲をぐるりと強固な壁と堀土手《ほりどて》で囲んで、罪人が脱獄できぬよう設《しつら》えられていた。

内部《なか》には何棟もに分けられて、「牢」の建物が建っている。

武士は武士だけ、町人は町人だけ、百姓は百姓だけと、できるだけ身分や男女の性別に分けて罪人が収監されており、村方の名主である長左衛門は、百姓ばかりが集められた『牢部屋』に入れられているはずだった。

その長左衛門にも、正式に沙汰が下ったそうである。

「村の行く末を案じてのことであったとはいえ、普請役を買収するような行為は許されるものではない。よって、すぐにも名主の職を引退し、今後はいっさい村の行政には関わらないこと」

と、公事方の勘定奉行から白洲《しらす》（法廷）にて「屹度《きっと》お叱り」を受けた後に、解き放ちになったそうだった。

その報告の文が、あの日に会った野津村の組頭たちから、江戸城《しろ》の十左衛門に向けて送られてきたのは、二日ほど前のことである。

「すでに野津村に帰って、自分の屋敷内《うち》で隠居をし、牢暮らしで萎《な》えてしまった身体を休めている」

と、文にはそうあったので、十左衛門は今日、徒目付の有沢を連れて、荒川沿いの野津村まで長左衛門の様子を見に、訪ねてきていた。

「どうだ？　やはり、少し痩せたか」

向かい合って座した客間で、十左衛門が訊ねると、長左衛門は少しく力のない笑顔を見せて、

「いえ」

と、首を横に振ってきた。

「実は、小伝馬町の牢におりました間にも、ここな靖蔵と富七が二人して、村の皆からの差し入れを届けてきてくれましたので、好物の梅干しや煮豆も、油揚げや茄子《なす》の煮つけなども、いつものように食することができました。本当に、有難いことでございます……」

「おう、さようか。それは何よりであったな」

他人事ながらに嬉しくなって、十左衛門がそう言うと、

「はい」

と、長左衛門も、今度はもう陰のない明るい笑顔を向けてきた。

小伝馬町の牢屋敷は「地獄の一丁目」などと世間では言われて、とにかく恐ろしげな噂ばかりが有名であるのだが、実際には、身内のような者からならば、ある程度の差し入れは許されているのである。

罪人を預かる監獄であるから、むろん脱獄や自害の道具になるような刃物や火道具、長い紐《ひも》のたぐいと、酒や煙草《たばこ》や金子《きんす》といった、使い方《よう》の「剣呑《けんのん》」な品などは、禁じられている。

だが、さほどに贅沢《ぜいたく》ではない身の周りの小物や着物なんぞは、持ち込んでも大丈夫であるし、食品も生ものなどの腹を壊しやすい食べものでなければ、差し入れを許してくれている。

牢屋敷の正門を守っている門番に頼んで敷地内《なか》に入れてもらい、「差し入れをしたい」旨、申し入れると、差し入れの担当《かかり》の牢屋敷の役人が預かって、差し入れのなかに金や刃物などの禁止物が隠されていないかどうかを確認し、不審がないことが判れば、当該の罪人のもとへ届けてくれるのだ。

そんな経路を通って、靖蔵と富七が村から運んできた差し入れも、どうにか長左衛門のもとへと届いたに違いなかった。

「村の匂いがするようで、ずいぶんと心安うござったであろう？　儂も幾度も牢屋敷には仕事で参ったことがあるのだが、牢部屋は暗うて、何やら妙な臭《にお》いもするし、やはり恐ろしげな場所《ところ》であるゆえな」

「はい……。まこと、さような風でございました」

たとえば差し入れを受け付ける際にも、禁止物が入れられていないか否かを厳重に調べるため、たぶん梅干しも、油揚げも、茄子も、小粒な『二朱金《にしゅきん》（一両の八分の一）』や『小玉《こだま》（豆状の銀）』などが隠されていないよう、一つ一つ箸で半分にされたり、ぐちゃぐちゃに突き崩されたりしてあったに違いなく、長左衛門のもとへと届けられた時には、見るも無残な様相だったことだろう。

そんなあれこれを思い出しているのかもしれない。

長左衛門はまたも疲れた笑顔を見せていて、以前に会った時からは十も二十も老けたかのように、物静かで枯れた様子になっている。

恐ろしい牢屋敷にたった一人で収監されていたことも、長左衛門を老けさせた一つの要因ではあるのだろうが、おそらくはこたびの一件で「もう名主ではなくなってしまったこと」が、長左衛門から生きる気力を奪っているに違いなかった。

そんな長左衛門が可哀想で、十左衛門は次第に、放ってはおけぬような心持ちになってきた。

「長左衛門どの。そなた、今、おいくつだ？」

十左衛門が訊ねると、急なその問いかけに少し驚いたようではあったが、長左衛門は自嘲するように言ってきた。

「すでに四十を五つも越えてございます。隠居をするには、ちょうどよい頃合いやもしれませぬ」

「…………」

十左衛門は一瞬、応えられずに黙り込んだ。

すでに野津村の名主の座は、今年で二十三歳になったという長左衛門の長男が継《つ》いでいるらしい。

十左衛門らがさっき村に入って驚いたことには、村の者らがいささかわざとらしいほどに、「名主さま」「名主さま」と、その若い新米名主を口に出して呼んでいたことで、おそらくは一応は城から来た役人である十左衛門たちに「長左衛門さまは、御上のお言いつけの通りに、ちゃんと隠居をなさっている」と、判ってもらおうとしていたに違いなかった。

「…………」

見れば長左衛門もそれきり黙り込んでいて、こうして長左衛門を老けさせた一番の要因は、やはり「隠居」なのであろう。

野津村の名主として必死に村を守るために、十五両もの大金を自身の懐《ふところ》から出したというのに、その熱い想いでやった行為の代償が、名主の座から追い出されることだったのだ。

十左衛門も、今年で四十七である。

今は夢中で「目付方の筆頭」として、日々忙しく立ち働いている訳だが、いつ何時、佐竹甚右衛門のように身体を壊して倒れたり、長左衛門のように嫡子に代替わりをされて、虚しい隠居暮らしに落ちてしまうか知れないのだ。

「長左衛門どの」

「はい」

「実はちと、そなたに頼みたきことがあるのだが、よろしいか？」

「はい、何でございましょう？　私にできることでございましたら、喜んで……」

「おう。そう言ってくださるか」

十左衛門はパッと明るい笑顔を見せると、一膝また一膝と長左衛門のほうへと近づいていき、その「頼み事」を話して聞かせるのだった。

八

十左衛門が再び野津村に向かうべく江戸城を出発したのは、もうすでにどこの地域の田んぼも稲の刈り取りが済んでいる、秋も半ばのことであった。

とはいえ、こたびは十左衛門と有沢彦市郎だけではなく、佐竹甚右衛門も一緒である。

こうして佐竹に同道してもらった理由は、長左衛門と佐竹を会わせるためで、実はようやく身体が本調子に戻ってきた佐竹に、「勘定方の帳簿付けの簡略化」を長左衛門とともに考えてもらいたかったのだ。

もとは名主で村営に詳しい長左衛門と、幕府の勘定方の実状に明るい佐竹が組めば、実用的で簡素な帳簿付けの方法が見つけ出せるかもしれない。

むろん帳簿や書付のたぐいは何十種類とあるのだし、とてものこと今日一度会って話しただけで、帳簿付けの解決案が見出せるなどとは思っていないが、この先も二人で連絡を取り合って、進めてくれたらと願っている。

この自分でも「妙案」と思っている計画を、初めて佐竹に話してみたのは、まだ佐竹が病床《とこ》についている時だったが、十左衛門が計画を口にしたとたん、佐竹の顔にパアッと赤みが差して、一気に元気になったようだったのだ。

そうしてそれは、もう一方の長左衛門も同じであった。先般、あの「頼み事」の話をしたところ、それまではやけに老け込んでいた表情《かお》が、一段、二段と、急に若々しくなったのである。

「『名主を退《ひ》いて、村の行政《こと》には関わるな』と、お奉行さまにはそう申し付けられたのでございますが、こんな大事なお役目をいただいて、ほんとにようございますのでしょうか?」

そう言って、口では心配しながらも、すでにやる気満々、目を輝かせていた長左衛門の顔を思い出すと、十左衛門は今でも嬉しくなってくる。

公事方の勘定奉行が「村営に関わるな」と隠居を命じてきたのは、長左衛門に賄賂の責任を取らせるためで、野津村の代表が長左衛門の名になっていなければ、それで構わないのである。

それが証拠に、長左衛門は「村を出ろ」とも、「名主屋敷から離れろ」とも言われてはおらず、名主の職とて長左衛門の息子が継いでも問題視されてはいないのだ。

十左衛門がそう言って、「大丈夫ゆえ、どうか力を貸してくれ」と再度頼んだ時には、長左衛門は本当に嬉しそうであった。

「いや、ご筆頭。あれが『戸田の渡し』にございますか？」

騎馬の上から、遠い「渡し場」に目を凝らしているのは、佐竹甚右衛門である。

「おう、さようさよう」

と、十左衛門も目を細めて、仰ぎ見た。

「して、佐竹どの、どうなさる？　やはり馬ごと船で渡って、野津村まで乗りつけることもできようが……」

十左衛門が煮え切らない物言いになっているのは、昨日が一日、なかなかの強い雨であったからである。

騎馬で江戸城からここまで来る道筋は、江戸の町なかの道路《とおり》と、日本橋から入った『中山道』の街道筋であるから、どこも馬で進めるようなしっかりとした道であった。

中山道の一番目の宿場町である板橋宿を通り抜けて、荒川の『戸田の渡し』を目指して進んでいる間も、道幅はそこそこ広くて、人馬も荷車も行き交っていたのだが、さて、いざ『戸田の渡し』で船に乗り、向こう岸へと渡ってしまうというと、あちらはもう一面の田園風景で、道も田の畦を少しだけ広げて固めただけの心許《こころもと》ない通路《みち》となる。

そんないわば「畔道」が、昨日の雨でゆるんでいないはずはなく、そこをズカズカ重量のある馬で踏み荒らしていくというのは、いかにも気が引けることだった。

とはいえ佐竹は、未《いま》だ「病み上がり」といった風情である。

下馬させて長く歩かせるのも忍びなく、十左衛門は判断に迷っていたのだが、そんな十左衛門の迷いは、すでに見抜かれていたのであろう。佐竹は当たり前のように、こう言ってきた。

「昨日は雨でございましたし、田んぼの道は、まだゆるんでおりましょう。畔を崩せば、村方に迷惑がかかりますゆえ、歩いてまいりましたほうが……」

「したが、佐竹どの。身体のほうは、大丈夫でござるか？」

十左衛門が、ついそのまま正直に訊いてしまうと、佐竹は笑って、腹を叩くような真似をして見せた。

「なに、もう飯もたんと喰ろうておりますし、徒歩《かち》にても、何ほどのこともございりませぬ」

「さようか？」

「はい」

そう言ってくれた佐竹に甘えて、十左衛門らは、また馬を渡し場で預かってもらって、渡し舟に乗り込んだ。

「今日はまだ、ちょいと川が暴れておりやすんで、しっかりと縁《へり》につかまっておいてくだせえやし」

船頭に言われて、素直に縁をつかんでいると、なるほど以前に来た時とは違い、水嵩がずいぶんと増して、川幅も「一里」とまではいかないものの、けっこう広くなっている。

その濁った荒川を渡り終えると、十左衛門ら一行は歩き始めた。

「いや、存外、道が乾き始めておりまして、ようございましたな」

「うむ」

佐竹が言ってきた通り、幸いにも道は乾き始めているらしく、足元を気にしていなくても、ぬかるみにはまることはなさそうである。

道の右手は一面、秋の田の風景で、すでに刈り取られた稲穂は『稲架《はさ》』と呼ばれる竹や丸太でこしらえた木組みに、美しく並べて干されていた。

刈り取った田のそこかしこに、高々と並べられている『稲架がけ（稲架に稲が干されていること）』は、からりと晴れた今日の秋の陽を浴びて、燦然と輝いている。

そんなホッとする景色を眺めながら、十左衛門ら一行は歩き続けた。

「ご筆頭。こたびはまこと、お有難うございました」

「………？」

いきなり礼を言われて、十左衛門が目を丸くして振り返ると、だが佐竹はいつものような軽い笑顔も見せずに、真剣な表情で言ってきた。

「正直を申しますと、『こたびばかりはもう駄目か』と、我ながら諦めかけた折節が、幾度もございました」

「……いや、さようでござったか……」

両親を流行り風邪で亡くしている十左衛門だから、過労のうえに質《たち》の悪い風邪をひき込んだのかもしれない佐竹が、危ないところを渡っていたのは判っていたつもりだったのだが、本人の口からこんなにはっきり聞いてしまうと、やはり動揺してしまって、何と言葉を返せばいいのか判らない。

するとと佐竹はそんな十左衛門の心を読んだか、問わず語りに話し始めた。

「熱が引き、正気に戻ったような塩梅《あんばい》になりましても、身体は床《とこ》にどこまでも沈んでいくようで、心許のうございましてな。江戸城《しろ》への道筋を思うても、本丸御殿《ごてん》のなかや目付部屋を思うても、あまりに遠くて、もうどうでもよいような、そんな心持ちになりまして……」

佐竹には娘ばかりが四人おり、そのうちの長女はすでに良縁を得て他家へと嫁《か》しているのだが、今年十七になった次女がちょうど縁付くような年齢《とし》なので、それに急いで婿をもらって家督を継がせ、自分はこのまま隠居をしてもよいかと、真剣に考えていたという。

「ですが、ほれ、ご筆頭が二度目にいらしてくださった時でしたか、こたびの『これ』をお命じくださいまして……」

こたびの「これ」というのは、勘定方の帳簿付けを簡略にする計画のことである。

「実際、『これ』が話をうかがいましたら、何やらパアッと頭の霧が晴れたような心地がいたしましてな。若き頃より勘定方を一筋でやってきて、『これ』が本当《まこと》に叶いましたら、勝手掛の目付としても、まずは『集大成』ということになりましょうかと……」

「うむ……」

ようやくに返事をしてきた十左衛門に、今度は佐竹はいつものように、やわらかな笑顔を見せた。

「それからは、身体に力が戻りますのも早《はよ》うございました。今、こうして己の足で、ここを歩いておりますのも、正直、嬉しゅうてたまりませぬ。まことにもって、ご筆頭のおかげで……」

「いや……」

何だかどうにも、今は上手い言葉が言えなくて、十左衛門は困っていた。

実際、今の佐竹のような心持ちなら、自分にもよく判る。以前、他者《ひと》をかばって大《おお》火傷《やけど》をして、長々と床に就いていた頃に、「これはもう、目付部屋には戻れぬやもしれない……」と、自分も諦めかけたのである。

目付の職は一年中、まるまる一日の休日はないし、案件も大小さまざま幾つも掛け持ちで担当しているから、毎日が、息も満足につけないような忙しさなのである。

佐竹がさっき吐露したように、一度大きく身体を壊すと、この怒濤の忙しさの最中《さなか》に戻れる自信を失ってしまう。

四十を越えて、娘に婿を取ることもできる佐竹が隠居を考えてしまっても、不思議はないのだ。

「佐竹どの。したが、あれだな……」

「『あれ』?」

「…………」

言い差して、今度は「あれ」が何であったか、自分が言おうとしたことをど忘れしてしまった十左衛門が仕方なく黙っていると、そんな「ご筆頭」をかばうように、佐竹は話題をほかへ逸らせた。

「目付方《こちら》が御用部屋に出しました意見書が、勘定方にまわったそうにてございますのですが、まずはおそらく勘定方《あちら》からは、回答のごときはございますまい。帳簿付けの経費《かかり》に何千両、何万両とかかっておりますことも、それをどうにか減らさねばならないことも、勘定方は百も承知でござりまする。そこをどうにもできぬままに、百年前の帳簿の形で続けているのでございますから」

「なるほどの……」

十左衛門はうなずいて、先を続けてこう言った。

「したが、ああして上申をしておけば、こちらが『簡素な帳簿付けの仕方』を見出しても、文句は言えぬであろうからな」

「さようにございますね。これはもう、頑張らねばなりませぬな」

「うむ。よろしゅう頼む」

そう言ったとたんに、お互い急に可笑《おか》しくなってきて、十左衛門と佐竹は二人揃って笑い出した。

つと見れば、後ろでは、まだ若い有沢彦市郎が、どんな表情《かお》をして聞いていればいいものか、対処に困っているらしい。

自分で「あれ」と言いかけたものを、すぐに途中で見失ってしまうという体《てい》たらくなのだから、有沢を困らせるのも道理であった。

だが今日は、佐竹とともに長左衛門のもとを訪ねて、こうして歩み続けていけることが、本当に愉しい。

目に映る秋の豊作の嬉しさも重なって、気がつけば四十をとうに越えた十左衛門の足取りも、やけに軽やかになっているのだった。

第四話　闇医者《やみいしゃ》

一

「麹町《こうじまち》のどこかに、腕のいい『子おろし』の医者がいるらしい。妾《めかけ》の腹にできてしまった要《い》らぬ子や、密通《みっつう》の困りものなんぞも、世間に知られぬよう上手《うま》くおろして、始末までしてくれるそうだ」

という下卑《げび》た噂が、『下馬所《げばしょ》』の男たちの間で、まことしやかに囁《ささや》かれるようになったのは、秋もだいぶ深くなってきた時分のことだった。

下馬所ではさまざまな武家の家臣たちが、それぞれ自分の主君《あるじ》が下城してくるのを待って、何刻（一刻は約二時間）もの間、暇を持てあましているから、やはりこうした女がらみの話や、「どこどこの武家《いえ》には、こんな揉《も》めごとがあったらしい」などという他家《たけ》の噂は、男たちの格好の話題となってしまうのである。

そうした噂話のたぐいは、実際、出処《でどころ》がどこかも判らないまま、いいように下馬所の男たちの間で広まって、昨日とうとう、目付の一人である稲葉徹太郎《いなばてつたろう》の耳にも入ってきた。

稲葉家の中間《ちゅうげん》の一人が、他家の中間たちから聞き知ってきたもので、

「やはり、これは、殿《との》のお耳に入れておいたほうがいいだろう」

と、注進《ちゅうしん》してきたのである。

実際、稲葉徹太郎もこれを「軽からぬ事象《こと》」とみて、さっそくに実態を調査するべく、配下の徒目付のなかから「本間柊次郎《ほんまとうじろう》」を選んで、目付方の下部屋へと呼び寄せていた。

「『子おろしの医者』と申しますからには、やはり『中条流《ちゅうじょうりゅう》』の女医者《おんな》にてございましょうか?」

稲葉から聞いた話に、本間柊次郎は少しく顔をしかめている。

「うむ……」

と、稲葉も険しい顔でうなずいた。

「どうも、産婆《さんば》のたぐいが医者を名乗って『中条流』と、看板まで出している者《の》がお

るらしいゆえな」

「はい。私も、以前どこぞで、そうした噂を……」

中条流というのは、もとは豊臣秀吉の家臣であった「中条帯刀《たてわき》」という医師を始祖とする、外科や産婦人科の医術の一派である。

だが時代が下るにしたがって、中条流の医術のなかでも堕胎《だたい》術ばかりが有名になり、世間的にも何かと重宝されて、次第、正式に中条流を学んだことのない者までが、勝手に「中条流」と看板を上げて、堕胎専門の医者として商売をするようになっていたのである。

「どちらにしても、さような噂が『江戸城《しろ》の下馬所で立つ』というのが、けしからん。妾やら、密通やらと平然と謳《うた》いおってからに、まるで『武家の間にそうしたものが蔓延するのは、当然』とでも言いたげではないか」

「さようにございますね……」

本間はそう返事はしたが、「稲葉さま」がいつになく感情を荒げている様子であるのが、ちと気になり始めていた。

普段この「稲葉さま」は冷静で、諸方に同時に気を配りながら、そのなかでも最も重要で、一等早く手を付けなければならない事項《こと》を瞬時に選んで、本間ら配下たちにも的確に動きを命じてくるようなところがある。

だが今日、こうして下部屋《ここ》に呼ばれて話を聞いたかぎりでは、稲葉さまらしからぬ「勇み足」の風が感じられてならないのだ。

すると、そんな本間の心底をいつものように鋭く読み取ったらしく、稲葉は苦笑いで言ってきた。

「どうした、柊次郎。何ぞ申したきことなどあれば、気に病まず、申してみよ」

「いえ……。ただ、その『子おろしの医者』と申しますのが、産婆がような町人でございましたら、やはり『町方《まちかた》（町奉行方）』の職域《かかり》となりましょうし、目付方《こちら》は手が出せぬかと存じまして……」

医者を名乗る者たちのなかにはたしかに旗本や御家人の子弟もいて、そういう医者が相手なら目付方である自分たちが糾弾し、捕らえることもできるのだが、もし町人の医者であったら、糾弾も捕縛も町方に委《ゆだ》ねなければならない。

「いや、たしかに、医者が町場の者なれば、最後には町方に報せて捕らえてもらうこととなろうが……」

稲葉は言い差すと、改めて本間に真っ直ぐ向き直ってきた。

「したがな、よしんば今、町方に『麹町に子おろしの医者の噂が……』と報せたところで、実際に何ぞか事件《こと》が起きぬかぎりは町方《あちら》は動かぬであろう？　だがこのままに放っておけば、下馬所で噂を聞いた男《もの》たちが、これを契機に己《おのれ》が不当に手を付けた女人を、その医者のもとへと安易に送ってしまうやもしれぬ。堕胎は命がけぞ。死ぬほうが多いほどだ」

「稲葉さま……」

鬼気迫るような稲葉の様子に、本間は気圧《けお》されていた。

おそらくは何か以前にそうしたことが「稲葉さま」の周囲にあったに違いなく、しばし言葉に迷っていると、前で小さく稲葉がこう言ってきた。

「いやな、実はかくいう私も、稲葉の母の子ではないのだ」

「……………！」

いよいよもって何も言えなくなった本間に、稲葉は静かに話し始めた。

「昔、私を産んだのは、稲葉の母に仕えていた女中でな。ずいぶんと可愛がられていたそうで、『奥方さまに申し訳ない……』と思い詰めて、一人で怪しげな薬を買《こ》うて、腹の子をおろそうとしていたところを、稲葉の母に見つかって止められ、それで私が生まれたそうだ……」

この一連の昔話を稲葉徹太郎が聞いたのは、六年前、稲葉の母が病《やまい》で亡くなった時のことである。葬儀に駆けつけてきた実母から、涙ながらに昔話を聞かされたそうだった。

「自分が妾腹《しょうふく》だということは子供頃に聞かされていたゆえ、承知してはいたのだが、稲葉《いなば》家には私のほかに子はおらなんだし、母には真実《まこと》、可愛がられておったゆえ、別にどうとも思うてはいなくてな」

もうすっかり大人になって、『書院番方《しょいんばんがた》』の番士として出仕すると決まった際に、自分を産んだ母親が出入りの蠟燭《ろうそく》問屋の娘で、稲葉家には行儀見習いのために奉公に来ていたことや、十七で稲葉を産んで実家に戻ったその後に、どこぞ別の商家に嫁《とつ》いで子も幾人か産んだらしいことなどを、改めて稲葉の母から聞かされたという。

「『よければ、その実母《はは》を呼んでやるから、出仕が決まった晴れ姿を見せてあげたらどうだ』とまで言われたのだが、こちらはいっこう、そんなつもりにはなれなくてな。結局、初めて会《お》うたのは、稲葉の母の葬儀の時であったのだが……」

そこであれこれ話したなかに、昔、実母が中条流の医者から買って飲もうとしたという「中条丸《がん》」なる堕胎薬の話が出て、のちに稲葉が知り合いの『番医師《ばんいし》（城内の患者に対応する常駐の医師団）』に、どういった薬なのかを聞いてみたところ、「中条丸」は米粉に水銀を混ぜて作った、極めていかがわしい猛毒の薬だそうだった。

「猛毒、にてございますか……」

驚いて目を見開いている本間柊次郎に、稲葉は大きくうなずいて見せた。

「入れてある水銀の量もまちまちであろうゆえ、一概には言えぬそうだが、水銀の多い中条丸であったなら、まず間違いなく、すぐに亡《の》うなってしまうそうだ」

「え……」

と、本間は息を呑んだが、稲葉の話には続きがあった。

「他にも『朝顔の種』だの『鬼灯《ほおずき》の根っこ』だのと、城の医師のごときちゃんとした医者から見れば、怖くてとても使えぬような怖ろしげな薬を、平気で使っておるそうでな」

まずは巷《ちまた》の子おろしの医者などは、ほとんどがそうした輩《やから》であろうということだった。

「……稲葉さま」

一連の話を聞いて、いささか顔色を悪くしながらも、本間はこう言ってきた。

「やはりすぐにも我らが手で調べまして、そうした輩がこれ以上に蔓延《はびこ》ることのないよう、幕府より禁令を出さねばなりませんね……」

「さよう……。医者がもし町人であったら、最後の捕縛は町方に譲らねばならぬが、それでも構わず調べてくれるか？」

「はい。必ずや、悪い輩の証拠を握ってまいりまする」

そう言うと、本間はさっそく、噂で「そこ」と名が出ていた麴町へと向かうのだった。

二

徒目付の本間柊次郎は、数多《あまた》いる目付方配下のなかでも、まずは一、二を競うだろうというほどの、芝居上手である。

こたびの調査も本間は稲葉と相談のうえで、幾人か芝居の上手な配下ばかりを選び出して、それぞれに細かく「調査《しらべ》のための芝居」の段取りをつけていった。

まず一人目は、本間と同僚の徒目付で、今年で二十九歳になった「梶山要次郎《かじやまようじろう》」という男である。

この梶山は、徒目付のなかでは「中堅」といったところで、どちらかといえばちと地味な性質《たち》であり、自分から手柄を求めて喧伝《けんでん》してまわるような派手さはないのだが、人に好かれる生来の朗らかさと温かさを有しており、育ちのよい大店《おおだな》の倅《せがれ》や、中流の旗本なんぞを演じさせるには、ぴったりなのである。

　今回は大店の跡取りが、奉公人に手を出して孕《はら》ませてしまったことになっていて、店の主人である父親にばれないうちに堕胎をさせねばと焦っており、「麹町に、腕のよい堕胎医がいるらしい」と噂に聞いて、麹町中を探しまわっているという触れ込みになっている。

　この梶山には、三十四歳の「蒔田仙四郎《まきたせんしろう》」という利《き》け者の小人目付を一人つけていて、こちらはその大店の手代ということになっていた。

　また別にもう一人、四十三歳の「平脇源蔵《ひらわきげんぞう》」という腕っこきの小人目付を呼んでおり、こちらには「困り者の娘を持つ、御家人」を演じてもらうことになっている。

　自分の家よりも格上の他家に嫁入りが決まりそうだというのに、肝心の娘が、ろくでもない男の子供を宿してしまい、何とか早く堕胎をさせて予定通りに嫁入らせ、娘に幸せな暮らしをさせようと考えている父親の役であった。

　一方で、本間柊次郎自身は、夜の酒場で「堕胎医はどこにいるのか」訊きまわるには一番に都合のいい、渡り中間に扮している。

　本間が孕ませた架空の相手は、同じ大名家に奉公している奥女中である。家中でも評判の別嬪《べっぴん》の女中をものにして「いい仲」になったはいいが、腹に子ができてしまい、悪いことにはこの女中が奥方さまのお気に入りであったため、「腹が大きくなりすぎないうちに、何とかしなければならない」と焦っている、遊び人という設定であった。

この四人を補佐して、あれこれ伝言や報告などに走ってもらう小人目付を更に数名加えると、本間柊次郎はいよいよ本格的に麹町の探りに入った。

麹町というのは、江戸のなかでも屈指といえる大きな町である。

江戸城の内堀に架かる『半蔵御門橋《はんぞうごもんばし》』と、外堀に架かる『四ツ谷御門橋《よつやごもんばし》』との間を、東西に真っ直ぐ結ぶ大通りの左右が「麹町」となっているのだが、内堀側を起点にして麹町一丁目、二丁目、三丁目、四丁目と、十丁目まで延々と続いたところで外堀の四ツ谷御門橋に突き当たり、その橋を渡ったさらに先に、十一丁目、十二丁目、十三丁目と続いてから、ようやく次の四谷傳馬町《よつやてんまちょう》になっている。

このとんでもなく長々と続く麹町のなかから、どんな形で商売をしているのか見当もつかない堕胎医を探し出そうというのだから、正直、途方に暮れるというもので、それでも本間たちはそれぞれの芝居の役柄に合わせ、

「麹町のどこかに『腕のいい子おろしの医者がいる』と聞いてきたんだが、知っていたら教えてくれ」

と、あちこちの店に飛び込みで聞きまわる形で、手を分けて調査《しらべ》を始めていた。

聞き込みに飛び込む先は、飲み屋か料理屋、飯屋などといった飲み喰いをする客たちが雑多に集まってくるような場所で、あとは水茶屋《みずぢゃや》や汁粉屋《しるこや》、出会い茶屋といった、男女が密会に使うような個室を奥まった場所に設《しつら》えてある店なども、狙い目となっている。

梶山と蒔田は「大店の若旦那と手代」であるから、麹町のなかでも高級な、つまりは金持ちが行くような店ばかりを狙って入り、「小禄の御家人」役である平脇や、「大名家の渡り中間」役の本間は、飲み屋にしろ飯屋にしろ、とにかく安手の店ばかりを選んで、その店の亭主や客たちに、

「このあたりで、子おろしの医者の話を聞いたことはないか？」

と、訊いてまわっていた。

そうやって店内で、片っ端《ぱし》から訊きまわってなどいれば、当然、悪目立《わるめだ》ちしてしまい、胡散臭《うさんくさ》く思われるであろうが、今回は芝居の設定をいつも以上にしっかりと決めてかかっているため、「なぜこんなにも焦って、堕胎医を探しているのか」、それぞれに理由を話せば、周囲にも疑われずに動けるはずだった。

そんな具合に皆で散らばり、一丁目から十三丁目まである麹町を探り始めて六日ほ

どした、ある晩のことのことである。それまではいっこう前に進まなかったこの一件の調査《しらべ》に、とうとう前進の兆しが射してきたのだった。

三

子おろしの医者についての情報をつかんできたのは、くだんの小人目付、平脇源蔵であった。

いつものように日中からあちらこちらで訊きまわって、いささかくたびれた平脇が「とりあえず飯を喰ってしまおう」と、これまでも幾度か足を運んだことのある安手の飯屋で、酒も飲まずにちんまりと晩飯だけを喰っていると、めずらしく店の亭主が茶を淹《い》れて、平脇のところに運んできてくれたのである。

「いや、すまぬな、ご亭主。有難い。恩に着るぞ」

一日中歩きまわって、くたくたに疲れていての晩飯であるから、酒よりも茶の一杯が嬉しくて、平脇が心底から礼を言うと、五十がらみと見える亭主は、ひょいと平脇のすぐ横の床几《しょうぎ》（長腰掛け）に座ってきた。

「今日も一日《いちんち》、お探しでいらしたんで？」

気の毒そうに声をかけてきた飯屋の亭主に、

「ああ……」

と、平脇は、力なく笑ってうなずいて見せた。

ここの亭主は平脇を、くだんの「困り者の娘を持つ御家人」だと思っている。

それというのもこの店は、安いわりには飯がけっこう美味《うま》くて、酒もまあ飲めないほどに不味《まず》いわけでもないためか、昼飯時も、飲み客が出歩く夜分も、八割がたは客の男たちでいっぱいになっていて、その男たちを目当てに平脇も、幾度もここに来ては訊きまわっていたのだ。

「旦那も大変《てえへん》でごぜえやすねえ」

「うむ……。したがもう、実際どこを探せばいいものか、とんとそれらしき話も聞けんでなあ」

「さようで」

「ああ……」

「…………」

それきり亭主は黙り込んだが、かといって台所に戻るつもりもないらしく、そのまま隣の床几に座っている。

今はようやく暗くなってきたばかりの時分で、飲み客がわんさと集まってくるまでにはまだ少し間があるため、新しく注文でも入らないかぎり、ゆっくりしていられるのかもしれなかった。

「…………」

「…………」

それにしても、お互いに黙ったままである。

たぶん、もとよりこの亭主も、かなり寡黙《かもく》な性質《たち》なのであろうが、黙っているなら台所に戻ってもいいだろうと思うのに、なぜか平脇《こちら》が箸《はし》を動かすその手元を、じっと眺めているようだった。

「……ねえ、旦那」

「ん？」

ようやくまた話しかけてきた亭主のほうに、平脇は顔を向けた。

「いやね、旦那のお嬢さんが捉《つか》まっちまった相手っつうのは、そんなにどうしようもねえ『ろくでなし』なんでごぜえやすかねえ……」

「え？　何だな、急に……」

亭主が何を言わんとしているのか、いっこう見当がつかなくて、平脇はしばし様子を見ようと、そのまま黙り込んだ。

「いえね……」

よほど言いにくいことなのかもしれない。飯屋の亭主はまた一瞬、口ごもったが、とうとうこんなことを言ってきた。

「あっしにもひとり娘がいるもんで、『いいとこへ嫁に出してやりてえ』っていう旦那の気持ちは判るんでごぜえやすがね。ただどうも、腹の子をおろすってえのが剣呑《けんのん》なんじゃねえかと、そう思いやして」

「剣呑……？　では、子おろしが危ないというのか？」

「へえ。どうもあんまり、ここらじゃ良《い》い噂は聞かねえもんで……」

「…………」

と、平脇は、眉の間に皺を寄せた。

今「ここら」と亭主が口にしたということは、こちらが探している「麹町の堕胎医」を知っているということなのだろう。

「して、その医者というのは、どこにおるのだ？」

「子おろしの婆さん医者なら、三丁目の裏手にある仕舞屋《しもたや》でごぜえやすがねえ……」

飯屋の亭主は口ごもると、ついと本気の顔を寄せてきた。

「ねえ旦那、悪いことは言わねえ……。まずはお嬢さんを連れてく前《めえ》に、『口入屋《くちいれや》の弥助《やすけ》さん』のところで話を聞いてからにしなせえやし」

「口入屋?」

「へえ」

と、亭主はうなずいた。

「明日でよけりゃ、あっしが案内いたしやすから、どうかそれまでお待ちになってくだせえやしよ」

「………」

口入屋というのは、雇い人の口利《くちき》きをする周旋屋《しゅうせんや》のことである。

その口入屋が、一体どういう関わりで「子おろしの婆さん医者」というのに繋がるのか判らないが、どうもようやく難航していた調査《しらべ》に一筋の光明が射してきたようで、平脇は心のなかでホッと息をつくのだった。

四

翌日早朝、飯屋の亭主が連れていってくれたのは、麴町の五丁目と六丁目の間の、俗に「大横町《おおよこちょう》」と呼ばれるにぎやかな大通り沿いにある、なかなかに大きな口入屋であった。

一口に「口入屋」といっても、その店ごとに、商売の規模や持っている得意先によって、かなり仕事の実態に差があるというのが、この口入業の特徴である。

たとえば神田や日本橋のような、とにかく周囲に町人が多く住む場所にある口入屋であれば、自然に客は町人が多くなるため、仕事の斡旋《あっせん》はさまざまな商家への奉公が中心となる。

一方、武家町に近い場所にある口入屋は、お得意先が大名家や旗本家である場合が多く、中間や下男、女中や下女といったいわゆる「武家奉公人」を斡旋して、雇い主である武家からも、雇われる側の奉公人のほうからも、大小の差はあれ、周旋料を取るというのが普通であった。

飯屋の亭主の案内で入ったその口入屋は、店の表に「加賀屋《かがや》」という大きな看板を掲げており、口入屋にしては重厚な、立派な店構えである。ここ麴町は、南側と北側とに広大な武家地を抱えているため、大名家や旗本家を相手に商売をしても恥ずかしくないような造りにしているのだろうと思われた。

今はまだ早朝で開店前であるから、店の大戸《おおど》は閉められたままである。

その加賀屋の店前では小僧《こぞう》が一人、朝の掃き掃《は》除をしていたが、飯屋の亭主が近づいて何やら耳打ちすると、平脇《こちら》にもぺこりと頭を下げてから、急いで店の潜《くぐ》り戸を抜けて、屋内《なか》へと入っていった。

「どうもお待たせをいたしました」

と、小僧に代わって外に出てきたのは、手代《てだい》であろう男である。

「主人《あるじ》からご事情は聞いております。まだ大戸を上げられず、潜りで申し訳ございませんが、どうぞお入りくださいませ」

その手代の案内で店のなかに入ると、客を土間から畳に上げて応対するために設えられた店先の小座敷に、店主らしき五十がらみの男が待っていた。

「弥助さん、忙しいところすまねえ。恩に着るよ」

平脇を後に置いて、飯屋の亭主が駆け寄ると、どうやら仲が良いらしく、「弥助」と呼ばれた店主は、

「いやいや……」

と、明るい笑顔を見せてきた。

「で、そちらが……？」

「ああ」

と、飯屋の亭主が返事をしたのに引き続いて、平脇も自ら名乗って挨拶《あいさつ》に出た。

「面倒をかけてしまったようで、相済まぬ。拙者は『表台所』で『小間遣《こまづかい》』をしている平脇源蔵と申す者だ」

「御台所方のお方でございましたか……」

瞬時に応えてくるところを見ると、やはりこの加賀屋は、幕臣の武家たちを相手に商売をしているのだろう。

今日ここに来られると決まって、昨日のうちに平脇は、「役柄の身分をどのあたりに置くのが得策か」考えておいたのだが、どうやら弥助《むこう》に怪しまれず、なおかつ警戒もされないちょうどいい役職を、選ぶことができたようだった。

いよいよ堕胎医の実態を知るべく、上手く会話《はなし》を転がしていかねばならない。平脇は小さく一つ息を呑むと、わざと気が急《せ》いている感じを出して、こう言った。

「して、主人《あるじ》どの。くだんの三丁目にいるという子おろしの医者の話なのだが……」

「おやめなせえまし」

上からピシリと蓋《ふた》でもするかのようにそう言うと、口入屋の弥助は明らかに、平脇《こちら》を説得にかかってきた。

「娘さまのお幸せを願って、子おろしの婆《ばば》ァのところにお預けになるなんざ、正気の沙汰じゃござんせんや。どんなに良いご縁談かは存じやせんが、まずは何より娘さまのお命のほうが大事《でえじ》ってもんでござえやしょう？」

「命のほう……？　なれば、そんなに、その女医者というのは『やぶ』なのか？」

「『やぶだ、何だ』の話じゃござんせん。あの婆ァじゃやなくたって、もとより子おろしなんぞというもんは、そういった代物なんで……」

どうも何だか話し始めたばかりの時より、一段も二段も言葉遣いが荒っぽくなってきたようだが、たぶんそれだけこの口入屋の主人は、本気でこちらを止めにかかっているのであろうと思われた。

「いやね、そりゃァ江戸城《おしろ》のご典医《てんい》さまだの、長崎帰《げえ》りのお医者だのなら上手くされるか知れやせんが、あの婆ァがようなそこらの医者が何をどうやったところで、いつ死んだっておかしくねえようなもんなんでござえやすよ」

「…………」

弥助のあまりの勢いに、いささか本気で気圧《けお》されて何も言えなくなっていると、前でまた弥助が先を足してきた。

「現につい二ヶ月《ふたつき》ほど前《めえ》にも、うちで口入れをしてご大身《たいしん》のお旗本の屋敷に入《へえ》ったお女中が、殿さまのお命じで婆さんのところで子をおろして、結句《けっく》そのあと五日と保《も》たずに死んじまったんでござんすよ」

「え？　では、まことに亡くなった者が……」

「へえ……。けど旦那、そればかりじゃござんせんぜ。一昨年《おととし》のことでござえやしたが、やっぱり同じお旗本の殿さまに手ェつけられて、あの婆さんのところでおろしたお女中がいやしてね。そのお女中は、どうにかこうにか命ばかりは助かりやしたが、寝たきりになりやして、可哀相《かええそう》に実家《いえ》で荷物になってるそうで……」

「いや、なんと……」

平脇は話を聞いているうちに、本気で、まるで娘を持つ父親のような心持ちになっていた。

人を死なせたり、寝たきりにしてしまったりしても平気で商売を続けていられるその医者というのも大概の悪党だが、女中に次々に手をつけて、腹に子ができるたびごとに安易に子をおろさせるその大身の旗本というのが、またさらに許すことのできない「人でなし」といえるであろう。

一昨年、その医者に女中を預けて、寝たきりにされてしまったというのに、またも同じ女医者に平気で預けて、次の女中を、結局死なせてしまったのである。

これはもう、人間《ひと》としても幕臣としても、目方付が糾弾するに値する醜行《しゆうこう》なのではないだろうか。

「して、そのお旗本は何という……」

さりげなく旗本の名を訊き出そうとしたのだが、やはり、そうは問屋が卸さないようだった。

「ちと旦那、お城勤めのお武家さんが、それをお訊きになりやすかねえ」

「ああ、いやすまぬ。まことと失言であったな。忘れてくれ」

「…………」

見れば、弥助は険しい顔つきになっていて、武家を相手の商売で何かと無理難題もこなさなければならないのであろう口入屋の主人の、厳しさを覗かせている。

見ず知らずの平脇《こちら》の窮地を救ってくれようと、飯屋の亭主と二人、こんなにまでしてくれる情の深さの一方で、商売の上で守らねばならぬところは、ピシリと線引きをして譲らないという、一級の商人《あきんど》の資質といえた。

そんな口入屋の主人や飯屋の亭主を騙《だま》していることに、今更ながらに後ろめたさを感じたが、さりとて、さっき話に聞いた気の毒な女人たちを増やさぬようにするためにも、あれこれ証拠も実態もつかまなければならないのである。

「いやしかし、『子おろし』が、さように怖ろしきものだったとは……」

「そうでさァ、旦那。ですからもう、お嬢さんの腹の子をおろそうだなんて思わねぇでくだせえやしよ」

横手から飯屋の亭主が言ってきて、もうすでにさっぱりと機嫌《きげん》を直したらしい弥助と三人、「三丁目の婆さん医者」の話に無事、戻っていくのだった。

五

「なれば他にも同様に、亡うなったり、身体を壊したりしている訳か……」

そう言ったのは稲葉徹太郎で、今はここ目付方の下部屋に、本間ら配下一同を集めて、平脇からの報告を聞いていたところである。

「はい。けだし、やはりさすがにお女中たちも、男の弥助を相手に細《こま》こうは話さなかったようにてございまして、寝たきりになった者なども、医者で何をされたかよりも、お屋敷や当主の非道についてを嘆いていたそうでございました」

無理やりに当主の手がついてしまったものの、それで側室《そくしつ》（正式な妾）になれるという訳ではなく正妻に内緒でこそこそと会うだけで、いざ腹に子ができたと判ったら、今度は慌てて「正妻にばれないうちに……」と、堕胎医のところに連れていかれたらしい。

「医者のもとには三日ほど泊め置かれていたそうで、子おろしの施術《せじゅつ》の代か口止め料かは判らぬものの、『当主は五両も医者に払ったその後で、女中のほうには三両を置いていった』と、さよう申していたそうにてございました」

「ちっ……。とことん下種《げす》な輩だな」

めずらしくも稲葉は、小さく舌打ちまでしたようである。

「そうして一人を寝たきりにした後で、またも懲りずに別の女中に手をつけて、子おろしの施術が危ないというのを承知の上で、再度その医者に預けたのだ。二人目の女人を死に至らしめたその罪《ざい》は、女医者のみならずその当主にもあるということだ。『大身旗本』と申すのが一体誰かについても、早々に探り当てねばならぬが……」

そう言って、戦略を練るような顔つきになった稲葉を補佐して、横手から本間柊次郎が、平脇に向かって訊いた。

「どうだ、源蔵。そのくだんの口入屋のほうから探れそうか？」

「はい。大きな口入屋でございますから、贔屓《ひいき》筋も多うございましょうが、主人の弥助と、番頭や手代の動きを一人ずつ丹念に浚《さら》っていけば、どの旗本がそれに当たるか、見えてくるやもしれませせぬし……」

言い差して平脇は、だが先を、こう続けてしまった。

「主人の弥助が申しますには、普通あれほどの大身であれば、たとえ女中の腹にても、とりあえずは無事に産ませておいて、正妻の子に何ぞかあった際の『備え《そな》え』にするなり、分家や家臣に落とした上で外部《そと》から家の支えとするなりと、幾らでも子の使いようはあるだろうに、あれはおそらく正妻に頭が上がらぬからに違いないと、そのように……」

「…………」

平脇の言いように、少しく顔色を青くしているのは、本間柊次郎であった。

今、平脇は話のなかで、「たとえ女中の腹からの子でも、幾らでも使いようはある」などと口に出してしまっていたが、「稲葉さまご自身が、稲葉家のお女中の子である」事実を、むろん本間は誰にも話してはいないため、平脇も知らないのだ。

「正妻に頭が上がらないということは、やはり正妻のほうがその武家《いえ》の実子で、女癖の悪い当主がほうは、他家からの婿養子であるのでございましょうか……」

何も知らない平脇は、「女癖の悪い当主」などと、またも重ねて聞き心地の良くない言葉を使ってしまっている。

するとと稲葉が横手から、

「うむ……」

と、何ほどもない様子でうなずいた。

「たしかに源蔵の申すよう、そのあたりがまずは妥当な線やもしれぬな。なれば皆、そのあたりの読みも頭に入れて、旗本の身元についてと、くだんの女医者についてを手を分けて探ってくれ」

「ははっ」

稲葉は皆に手招きをして、一膝、自分のもとへと近寄せると、これからの調査の進め方について、改めて話し始めるのだった。

六

調査《しらべ》は三手に分かれることとなった。

まず一手は、口入屋『加賀屋』の店前が見通せる場所に張り込んで、主人の弥助や、番頭や手代たちの様子を見張り、どこかに外出する者が出た際には、その一人一人に尾行をつけて、大身の旗本家に出入りしないかどうかを確かめるものだった。

この「旗本の身元の割り出し」については、加賀屋の店内にも入ったことのある平脇を中心に据え、他に幾人かの小人目付を配して、当たらせることとなった。

次の一手は、幕府に提出されている旗本家それぞれの名簿のようなものから、当該の旗本らしき人物を絞っていく方法である。

加賀屋の弥助の言う「あれだけのご大身」というのが、実際に、家禄何千石あたりのことを指しているのかは判らない。

だがまずは、「当主が女中に手を出しかねない年齢であること」や、「跡取りとなる実子がすでにいて、妾腹の子にさほどに需要がないこと」、そしてもう一つには平脇の読みである「妻女のほうが家付き娘で、当主は外からの婿養子であること」などを、数多ある名簿のなかから地道に拾い出していくことである。

こちらは徒目付の梶山が指揮を執《と》り、数人の小人目付とともに調べることと相成ったが、実はこうした裏打ちのごとき調査がなくては、平脇らが加賀屋から拾ってこようとしている情報も、上手くは使えないのだ。

そんな訳で平脇らが加賀屋から得た情報は、逐一、梶山のもとへと報告してもらい、双方向から「その旗本が誰か」の割り出しを試みてもらっている。

そうして残る三手目は、麹町三丁目の裏手にあるという「子おろしの女医者」の実態を探ることだった。

項なのである。

そもそもは、下馬所で男たちの格好の噂になっていたこちらの話が、一番の懸案事

「麴町に、『腕のいい』子おろしの医者がいる」

なんぞと、これ以上に噂が広まれば、くだんの大身旗本のような下種な者が自分の女遊びの始末をしようと、またぞろ、このとんでもない医者のところに女人を連れ込んでしまうかもしれないのだ。

それを阻止するためにも、早々に麴町の医者の実態を明らかにした上で、施術のせいで健康を害したり、命を落としてしまったりした女人がいることを証明し、その罪を正式に糾弾しなければならなかった。

幸いにして平脇の手柄で、噂の医者が看板も上げずにこっそりと商売をしているという、三丁目の裏手の仕舞屋の場所も判明したため、その仕舞屋の人の出入りを確かめようと、少し離れたところに交替で見張りをつけてあるのだが、商売が商売ゆえ、そうそう客が来る訳でもないらしく、見張りをつけて三日経つというのに、客らしき人物は、まだ一人も現れない。

仕舞屋の陰気な感じのする潜り戸を開けて、二度ばかり出入りをしたのは、「あれがくだんの女医者か」と見える六十に近いような白髪の女のみである。

その痩せぎすの女医者を尾行して、「もしかしてこれはどこかの屋敷にでも、往診のごとくに子おろしの施術に出かけるやもしれぬぞ！」と、本間ら見張りの者たちは大いに期待して後を尾行《つ》けていったのだが、一度目は近所に味噌を買いに行き、二度目は蕎麦屋に昼飯を喰いに出てと、実につまらぬ用事であった。

「稲葉さま。やはりこのままでは、いっこう埒《らち》が明きませぬ。ちと私、今宵あの医者を訪ねまして、『馴染みの女中の子おろしをして欲しい』とでも申して、内部《なか》を探ってまいりまする」

目付部屋にいた稲葉を訪ねて、本間柊次郎がそう言ってきたのは、四日目の昼下がりのことである。

「うむ……。したが、さように、直《じか》に医者のもとへと乗り込んで、大事《だいじ》はないか？」

人が死ぬほどの荒っぽい施術を行う医者なのである。

すると、そんな稲葉の心配を一掃して、本間は笑ってこう言った。

「近所の者らに、ちらと話を聞いてみたのでございますが、あの仕舞屋に住んでおりますのは、女医者と、その手伝いの下女らしき四十がらみの女の二人きりだそうにてございますゆえ、たとえば少々暴れかかられたりいたしましたところで、何ということもござりませぬ」

実は本間は目付方のなかでは、一、二を争うほどの剣客なのである。

「けだし、ちと頭が痛《いと》うございますのは、当方に女人がおりませんことで……」

明日、本間は女医者のもとへ行き、「惚れた女にもしものことがあってはならないし、金の工面《くめん》もしなければならないから、実際にどういった施術をすることになるのか、事細《ことこま》かに教えてくれ」と、しつこく訊ねてみるつもりなのだが、それでどこまで実態が判明するかは、大いに心許《こころもと》ないところである。

「客の女人がたまたま仕舞屋のなかにいて、その客がどこぞ自分の家にでも戻ってくれることなどあれば、あとでじっくりこちらの素性も話した上で、詳しゅう話を聞くこともできるやもしれませぬが、それとても、こちらは男ばかりにござりますゆえ、あれこれ話してくれますかどうか……」

「さようさな……」

と、稲葉もため息をついた。

産婆もそうだが堕胎医に女医者が多いというのは、やはり医者が男では、客の女人が敬遠するということなのであろう。

「とはいえ、ほかに、どうも打つ手もなさそうだな」

「はい。なれば、稲葉さま。これより手配をいたしまして、さっそく……」

「うむ」

と、稲葉はうなずくと、先を足してこう言った。

「今日はこのまま『宿直番《とのい》（泊まり番）』なのだ。何ぞかあれば城にいるゆえ、報せを頼む」

「はい。では……」

目付部屋を出ていく本間柊次郎を見送ると、稲葉はさっき書きかけていた他の案件の書類に目を落とすのだった。

七

本間が潜入を決行したのは、日が暮れて、あたりがしっかり暗くなってからのことだった。

もし誰か客の女人が訪れるとしたら、おそらくは夜である。子おろしの相談をしに医者のもとへと訪ねてくるのだから、出入りの際に誰かに顔を見られなくて済むように、じゅうぶん暗くなってから訪ねてくるに違いないのだ。

はたしていざ仕舞屋に近づいていくと、遠くから見張っていた時よりも、家が数段、古びているのが見て取れた。

昔、何かの店だったものが閉店して仕舞屋になっている訳だから、家全体が寂《さび》れて見えるのは仕方ないことなのだろうが、羽目板《はめいた》の大戸は表面が風雨に晒されて、ひどく毛羽立っているし、その大戸の脇にある住人の女医者たちが出入りに使っている潜り戸なども、古いうえに安普請《やすぶしん》でもあるのを証明してか、板材と板材の間に斜めに隙間が開いている。

その潜り戸を、思いきってコンコンと叩くと、内部《なか》で人が動く気配がして、ほどなくなかから女の声が聞こえてきた。

「何か御用で？」

しわがれた声である。

本間は用意してきた渡り中間の話しっぷりで、こう言った。

「遅くにすまねえ。あっしは『柊次郎』ってえお大名家の中間なんだが、ちっとばか『子』のことで、相談《はなし》に乗ってもらいてえことがあってな」

「…………」

だが、なかからは返事はない。

「おい」

と、本間がもう一度、潜り戸を叩こうとすると、不意に内側から閂《かんぬき》を開ける音がして、続けてほんの少しだけ戸板が開かれた。

「入りたいなら自分で開けて、勝手に入ってこい」とでもいう風な、きわめて感じの悪い客応対の仕方である。

それでも本間が自分で開けて入っていくと、内部はいかにも元は「商《あき》い店《だな》」らしい土間と畳敷きの小上がりが半々になった広い空間になっていた。

その土間の真ん中で無愛想に仁王《におう》立《だ》ちしていたのは、六十に近いと見える女医者のほうである。もう寝ようとでもしていたものか、すでに寝間着《ねまき》の体《てい》になっており、だらしなく寝皺《ねじわ》のよった浴衣《ゆかた》の前の合わせが半ば開《はだ》けて、見るに堪えない有りさまになっていた。

「夜分にすまねえな。けど、ちょいと、あんまり他者《ひと》に面《つら》ァ見られたくなかったもんでよ」

「…………」

だがやはり女医者は、うんでもなければ、すんでもない。

本当は、こちらはあまり何も言わずに、向こうの客あしらいを観察したかったのだが、仕方なく、本間はまたもこちらから声をかけた。

「いやな、中間仲間に教わってきたんだが、ここで子をおろしてもらうには、幾らぐれえかかるもんかと思ってな」

「ふん」

と、ようやく聞けた客あしらいの言葉は、最低のものだった。

「薬だけなら、『朔日丸《さくじつがん》』が一分《ぶ》二朱《しゅ》、『中条丸』が二分二朱で、施術なら三日泊まって飯代と施術とで、合わせて三両と三分だね」

「おい、ちっと待ってくれよ。何が何だか、端《はな》っから、まるで知らねえとこに持ってきて、そう立て続けに並べられちゃァ、『そりゃ何だ?』と訊くことすらできねえや」

「…………」

見れば、ムッとしているのであろう、女医者は本間《こちら》を睨んで、口をへの字に曲げている。

こうしてこのまま今よりも怒らせて、何とかもっと喋らせるようにしなければと、本間はわざと喧嘩を売った。

「こっちゃァ客だぜ。薬一つで一分だ、二分だと大金《たいまい》を取る気なら、愛想笑いの一つぐれえしたって、バチは当たんねえやな」

「肝心の女も連れずに来ておいて、客の面《つら》なんざしないでおくれ。たった一分で、そうして息まいているようじゃ、どうせ来やしないんだろう？　眠いんだ。もう、とっと帰っとくれよ」

「おい、何だ。客に『帰《けえ》れ』ってこたァねえだろうが」

まだ話を繋ぐため、本間がどうにか言い返した時だった。

「邪魔をするぞ」

と、家の外から声がしたかと思うと、潜り戸を開けて、どこかの武家の若党や中間と見える男たちがバラバラと、四人ほどで入ってきた。

だが見ると、男たちは女を一人連れていて、その若い女を左右と後ろから、男三人でガッチリとつかんで、無理やりに歩かせている。そうして驚いたことには、いかにも女中らしき格好のその女は、口に猿ぐつわをはめられていた。

「……んんッ……！」

女は猿ぐつわをはめられながらも必死に何かを訴えて、泣きながら男たちから逃げようと、もがいている。

ここは子おろしの医者なのだから、おそらくは無理に堕胎に連れてこられたに違いなく、「これは……！」と、本間が思わず血相を変えたのが、男たちにも見て取れたに違いなかった。

「何だ、貴様は？」

先手を打つように、いちゃもんを付けてきた若党の一人に、本間はギリギリ、渡り中間のままの物言いで言い返した。

「『何だ？』てえのは、そっちだろう？　女に猿ぐつわなんぞしやがって、ひでえ野郎どもだぜ！」

言いながら本間は女がいるほうへ間を詰めると、女を左右から押さえている中間二人の鳩尾《みぞおち》に、素早く拳《こぶし》を打って動けなくさせた。

「おい、貴様！　何をするッ？」

少し離れたところにいた若党が駆け寄ってくるのと、本間が残る一人の中間の手から女を救い出したのが、同時であった。

「ほれ、あんた。行くぞ」

本間は女の背を抱くようにして声をかけると、そのまま急いで潜り戸を抜けて、外に出た。

「待ちやがれッ！」

まだ動ける中間一人が、ほぼ同時に潜り戸を抜けてきて、後ろから怒りに任せて、本間の肩をむんずとつかんできた。

「放しゃァがれ」

渡り中間らしく、一言、吠えて見せると、本間は肩をつかまれて後ろを向かされたのを利用して、その三人目の中間の腹に、またも拳を打ち込んだ。

「うッ……」

女を庇っているぶん、今度は少し拳の打ちようが甘かったものか、中間は怯《ひる》みはしたが、まだ動けるらしい。

すると今度は若党が、横手から女の腕をつかんできて、その手を振り払おうとする女や本間と揉み合いになった。

この潜り戸のすぐ外での攻防を、遠くの見張り場所から眺めていたのは、本間の指揮下で動いていた小人目付二名である。

「やっ、本間さまだぞ！」

「うむ……。だが、あの女は誰だ？」

本間が左に女の肩を抱いていて、残る右手で、どうやらどこかの若党や中間らしき二人を、追い払っているのは見て取れる。

すると今度は中間が、本間の隙をついて女の手首をつかむと、そのまま無理に仕舞屋のなかへと引き込んだ。

むろん、本間は女を見捨てたりはしないから、女とともに引っ張られて、潜り戸の内部《なか》へと戻っていく。

「おい。なかに、連れ込まれるぞ。どうする？」

「よし、行くか？」

二人が本間を助けに行こうとしたその瞬間、遠くながらに、その「本間さま」と目が合って、本間が小さく首を横に振ったのが判った。

「やっ、あれは『来るな』か？」

「ああ。たしかに今こちらが乗り込めば、目付方《めつけ》とばれてしまうゆえ……」

「うむ。だがなあ……」

そう言っている間に、とうとう本間は女を庇って、すっかり仕舞屋のなかへと引き込まれてしまった。

「おい、どうする？」

「…………」

と、険しい顔で沈思していたもう一人が、つと顔を上げてこう言った。

「拙者が急ぎ、稲葉さまのところへお報せいたすゆえ、このままここで見張っていてくれ」

「心得た！」

こうして二手に分かれて、一人は江戸城へと走り出したが、その使いが「稲葉さま」を案内してここに戻ってくるまで、くだんの仕舞屋の前には、何の出入りも見られなかったのである。

八

麴町は、江戸城からはごく近い場所にある。

そも『半蔵御門橋』が内堀に、『四ツ谷御門橋』が外堀に架かっているのだから、その二つの橋の間に長く続いている麴町は、いわば「江戸城外堀の曲輪《くるわ》の内部《なか》」ということになる。

小人目付の急報を受けた稲葉が、急ぎ宿直番の仕事に都合をつけて、麴町の仕舞屋の前に騎馬で駆けつけた時には、まだ一刻《いっとき》（約二時間）と経ってはいなかったのである。

「稲葉さま！」

騎馬の自分のすぐ下まで駆け寄ってきた見張りのほうの小人目付に、稲葉は開口一番、こう訊いた。

「本間はどうだ？　まだ出てこぬか？」

「はい……。あれからは、いっさい誰も……」

本間自身に「来るな」と首を横に振られたとはいえ、見知らぬ女を庇って男たちと揉めていた本間が、もう一刻近くも仕舞屋のなかから出てこないのである。何かあったと考えるのが、「妥当」というものであった。

「女は『女中の格好《なり》』をしていたと聞いたが、ほかには何か気づいたことはなかったか？」

「もしかしたら、猿ぐつわのようなものを、嚙まされていたやもしれませせぬ」

「なに？　猿ぐつわを……？」

「はい。ここからは遠目でございますゆえ、あの時は首に巻いた手拭いの端を、風で飛ばないよう嚙んでいるのかと思うておりましたが、ここで待ちます間に、ようよう考えてみましたら、女は本間さまに庇われて逃げる風にてございましたのに、いっさい声を上げませんでしたので」

「………」

稲葉の顔が、いよいよもって歪《ゆが》んできた。

本間が見知らぬ女中姿の女を庇っていて、おまけに女が猿ぐつわをされていたというのなら、これはもう間違いなく、不当に堕胎されそうになっている女を助けたということであろう。

それなのに助けた女ばかりか、本間自身が一刻もの間、外に出てこないということは、あの仕舞屋のなかに監禁されているに違いないのだ。

「よし。踏み込むぞ！」

「はい！」

夜分ゆえ、この二名の小人目付のほかには、ほんの数名しか日付方配下を集めることができなかったが、仕方ない。

稲葉の目合図で、バッと一気に皆で潜り戸から駆け込むと、屋内《なか》にいたのは、皺くちゃな浴衣を身につけた女医者と、どこかの武家の若党と見える男の二人のみであった。

「稲葉さま！　この男でござりまする！」

言わずと知れた、さっき潜り戸の前で本間と争っていた、あの若党である。

「よし、捕らえよ！」

「はっ」

こちらも手勢は多くはないが、なにせ相手は一人である。数人で、あっという間に若党を捕らえると、稲葉を先頭に、どこかに監禁されているに違いない本間と女とを助け出さんと、仕舞屋のなかを探し始めた。

「いません！」

「こちらにも……」

「くッ……！」

と、怒りで唇を噛むと、稲葉は捕らえた若党の胸倉をつかんで、揺さぶった。

「本間柊次郎をどこへやった？　言わぬか」

稲葉の声は、これまで誰も聞いたことがないような、しごく低くて、どすの利いた声である。

「ほ、んま……？」

稲葉につるし上げられているこの男にしてみれば、本間は「どこかの中間」で、だから苗字があることに戸惑っているのであろう。

そんな男を、胸倉をつかんだまま引き上げると、稲葉は低い怖ろしげな声で、脅して言った。

「私は幕府目付の稲葉徹太郎だ。我が配下である徒目付の本間柊次郎を、貴様はどこへやったのだ？　言え！」

「………………」

男はもう、相手がよりにもよって「目付」であったことの怖ろしさで、震え上がっているらしい。自分を穴の開くほど睨みつけている目付の視線から逃げようとして、もうほとんど目を瞑っているような状態である。

それでも、今ここで主家《しゅか》の名を吐いてしまえば、主家にどれほどの罰が下されるものかと思うと、「言えぬ」というのが本当のところであろうと思われた。

「言え！　言わぬか！」

「う……」

と、このままでは、つるし上げられた若党の首が絞まってしまうのではないかと、そばにいた小人目付が案じ始めた時である。

「稲葉さま！　やはり本間さまは女人とともに大八車に乗せられて、運ばれたそうでございまして……！」

「なにッ？」

若党を突き落とすように手放すと、報告に来た配下のほうへと、稲葉は向き直った。

「いま奥で、女医者に吐かせたのでございますが、本間さまは、後ろから不意打ちを喰らって殴られて、正体を失くしておられましたそうで、この家の裏手の勝手口から二人を出して、そこな若党の主家の屋敷に運んでいったそうにてございました」

「して、その主家というのは、どこだ？」

「それが……。あの女医者は知らぬそうにてございまして……」

ここに来て、報告の配下は残念そうに言い足した。

「『この商売で、客の名なんぞ訊くと思うか？　下手《へた》に知ったら、口封じに殺されてしまうじゃないか』と、あの女医者め、開き直ってそう申しまして」

「…………」

ギリギリと、稲葉は唇を嚙み始めた。

「……ん？」

だが、ふっと、稲葉は何かに気がついたようである。

「この男を縄で縛って馬に乗せよ。これより急ぎ、口入屋の『加賀屋』に参るぞ」

「え……？」

どうやらまだ小人目付たちは、先が読めないでいるようである。

だがそんな配下たちを尻目に、稲葉はこれから会うつもりの加賀屋の主人に、何と話を持ちかけるべきかと、次の一手を考え始めるのだった。

九

五丁目の口入屋『加賀屋』は、女医者の仕舞屋から幾らもかからぬ場所にあった。

だがすでに時刻は五ツ半（夜九時頃）をまわっており、当然、加賀屋も大戸を下ろしていて、すでに寝静まっていても不思議はない。

それでも稲葉は、その加賀屋の主人である弥助に、すぐにも、どうしても会いたくて、まだ加賀屋の見張りに就いていた平脇源蔵を伴って、加賀屋の潜り戸を叩いていた。

すでに平脇にも、すべての経緯は話してある。

日頃は温和な稲葉が、なぜここまで我儘《わがまま》を通して、夜中に加賀屋を訪ねたいのかといえば、それはさっき捕らえた若党らしき男を、弥助に見て欲しいからだった。

稲葉は、この若党の主家が、「くだんの大身旗本」なのではないかと疑っている。

まず一つに、この若党が仕えている主家は、女医者にとってはずいぶんな贔屓筋《すじ》であるに違いなく、そうでなければこの夜分、すでにもう女医者が寝間着を着ているような時刻に、猿ぐつわをさせねばならないほど暴れている女を連れ込んでくる訳がないのだ。

すでに二人の女中に手を付けて、最初の一人を寝たきりにし、次の一人などは死にまで至らしめたほどの下種な旗本であるから、またぞろ三人目に触手を伸ばしていても不思議はない。

一方で、女中のほうは、過去にそうして先輩の女中たちが身体をボロボロにされているのを知っていたから、猿ぐつわが必要なほどに、堕胎を嫌がって暴れたのであろう。

その女中を助けて、いま一緒に捕まっている本間柊次郎が、もし「ただの中間ではなく、目付方配下の徒目付だ」と旗本側に気づかれたら、すぐに消されてしまうかもしれない。本間と女中を二人ともに消してしまえば、よしんば稲葉ら目付方に踏み込まれたところで証拠はなく、あとは「知らぬ存ぜぬ」で押し通してしまえばいいからだった。

けだしこれは、たとえば本間が「ただの中間」と思われたままであっても、同様であろうと思われた。

大八車で屋敷にまで運び込んでしまったからには、口封じをしない訳にはいかないはずである。むろん「幕府の目付方」とはっきり身元がばれてしまうよりは、「ただの中間」だと思われているほうが、いくぶんか監禁場所に放っておかれる時間が長くなるかもしれないが、どちらにしても、女中とともに口封じに殺されてしまうに違いなかった。

この一連の急場の事情を話し終えると、稲葉徹太郎は主人の弥助を前にして、深々と頭を下げた。

「この夜分に、まことにもって相済まぬ……。したが、この一刻一刻に、我が配下と、三人目のお女中の命がかかっておるのだ」

「…………」

弥助は何を考えているのか、先ほどから「江戸城《しろ》の目付」の言葉にも黙ったままで、満足に返事もしてこない。

武家を相手に商売をしているはずの口入屋が、いま目の前にいる稲葉を、こうして半《なか》ば無視するというのは尋常《じんじょう》ではなく、以前に平脇から聞いた弥助の人物像から考えても、いかにも解《げ》せない。

だがそうして、いわば町人に蔑《ないがし》ろにされたとしても、どうしても弥助には力を貸してもらわなければならなかった。

沈黙《だんまり》を決め込んでいる相手に向かって、稲葉はまた一膝、近づいた。

「そなたが店の信用に懸けて、贔屓筋の家内《いえうち》について喋らぬのは、こちらにも重々判っている。だが一件《こと》は、人間二人《ひと》の命に関わるのだ。どうか、頼む」

「…………」

すでに仕舞屋で捕らえた若党は、弥助の目にもはっきりと見える場所《ところ》に出してあり、あとは弥助が「このお方は、何某《なにがし》さまのご家中でございます」と言うか、「わたくしは、このお方を拝見したことはございません」と言うか、そのどちらかなのである。

だが一方で、若党のほうは、加賀屋《ここ》に連れられてきた際に、すでに顔色が真っ青になっていたから、やはりくだんの下種な大身旗本の家臣で、間違いなかろうと思われた。

「主人《あるじ》どの。どうか、どうか……」

とうとう畳に手をついて頭を下げた「稲葉さま」に驚いて、配下の者たちも、皆で慌てて平伏の形を取った。

「御目付さま、お顔を上げてくだせえやし」

そう言ってきたのは、これまでは沈黙だった弥助である。

「ご事情のほど、たしかにおうかがいをいたしやした。……けどねえ、平脇さま。あんた……！」

　と、口に出したとたんに、かえってカッと改めて怒りに火がついたのであろう。稲葉の横に控えて座している平脇源蔵に向けて、弥助は腰を浮かせてきた。

「待ってくれ、主人《あるじ》どの。嘘を申して騙した形にさせたのは、目付の私だ」

　怒りをそのままに平脇を睨みつけている弥助に、稲葉は横手から頭を下げて、こう言った。

「だがこたび、いわばまだ『風の噂』であるうちから、こうして配下に芝居まで打たせて、調査《しらべ》を急いだのには訳があるのだ。貴殿もよう存じておろうが、下馬所の噂は武家中を駆け巡る。『子おろしの名医がいる』などと聞けば、必ずや安易に女人を連れていく馬鹿どもが増えるのは、情けないが、必定《ひつじょう》でな……」

「それはまあ、さようにございましょうが……」

　少しく怒りを収めてきたらしい弥助に、稲葉はさらに真摯にこう言った。

「いやな、実を申せば、拙者を産んだ実母《はは》というのも、町場から奉公にまいった女中でな。当主の父の手が付いて自分が身籠ったと知った時、奥方さまへの申し訳なさで、一人で子をおろそうと、堕胎の医者から『中条丸』を買うてきたそうなのだ。とはいえ、やはり「いざ……！」ともなると、怖くてなかなか飲めずにいたそうでな。そこを奥方さまに見つかって、止められたらしい。結句、私を引き取って、こうして育ててくれたのは、奥方さまである『稲葉の母』であったが、その義母《はは》に、もし情をかけてもらえなんだら、拙者もその中条丸で、実母とともに亡うなっておっただろうと思うのだ」

「御目付さま……」

弥助はじっと目を伏せて、考えるようにしていたが、つとその顔を稲葉に向けると、はっきりとこう言った。

「そこなお武家のお方は、ご家禄五千八百石のご大身『片桐備後守《かたぎりびんごのかみ》さま』の、ご家中のお方でごぜえやすよ。寝たきりのお女中が出たのも、可哀相《かええそう》に亡くなっちまったお女中が出たのも、みんな片桐備後守さまがところでごぜえやして……」

「相判《あいわか》った」

稲葉は立ち上がると、もう一度、弥助のほうに真っ直ぐに向き直って、深々と頭を下げた。

「主人《あるじ》どの、恩に着る。これより必ず、お女中も本間柊次郎も救うて見せるぞ」

「はい。なら、片桐さまのお屋敷へは、うちの手代を案内につけましょう」

「おう、そうしてくれるか！」

「はい」

力強くうなずいてくれた弥助を残して、稲葉ら一行は麴町を後にするのだった。

十

家禄五千八百石の寄合《よりあい》の旗本、片桐備後守周恒《ちかつね》の屋敷は、麴町からもさほどには遠くない番町《ばんちょう》の中程にあった。

五千石以上の大身となると、用人、若党からはじまって、中間や女中、下男下女まで合わせると、実に七、八十人からの大所帯となる。

それゆえ拝領屋敷の敷地面積も、二千坪あまりはあった。

その広大な敷地のなかに、客の応対に使用する客間の棟や、当主や妻子などが住まう中奥《なかおく》や奥棟《おくむね》に、納屋や物置小屋のたぐい、奉公人たちの長屋の棟なども建てられていて、それらが半ば「離れ」のように一部でくっついていたりするものだから、外部《そと》から来た人間には、「どこをどう、誰が使っているものか」見当もつかないというのが、実状であった。

だが今日ばかりは、その複雑な大身旗本の屋敷のなかから、本間柊次郎とお女中の二人を探し出さねばならないのである。

当てずっぽうで、闇雲《やみくも》にあちこち探しまわったところで、本間ら二人を見つける前に、こちらが片桐家の家中に捕まってしまうのは目に見えているから、監禁場所となりそうな場所に、ある程度は目星を付けておかねばならない。

稲葉は平脇ら配下と相談するため、片桐家からはかなり離れた場所にある辻番所に立ち寄って、踏み込みの策を練っていた。

「本間さまをまだ『中間』と思っておりますならば、普通なら中間部屋あたりに押し込められるのでございましょうが……」

そう言ってきたのは、平脇源蔵である。

「したが、もしお女中も一緒であれば、そうした場所には入れんだろう。やはりもっと人目につかぬ、納屋や物置がようなところではないか」

「さようでございますね」

と、稲葉の意見にうなずいてきたのは、何と加賀屋の手代であった。

「納屋や物置でございましたら、母屋《おもや》の棟のなかにはございませんで、裏庭に長屋のようにして、別に建てられてございます。私どもも、以前ご家中の方々に雨合羽《あまがっぱ》やら半纏《はんてん》やらを届けさせていただいたことがございますので」

「さようか……」

と、稲葉はすまなそうな顔つきになった。

「加賀屋の贔屓筋《みせ》の話だ。言いにくかろう？」

「いえ。すでにもう私どもも、片桐さまからはご注文をいただくまいと心を決めてございますので……。主人からも、どうせ行くなら存分にお手伝いをしてこいと、命じられてございます」

「かたじけない。恩に着るぞ」

どうやら何よりの軍師を手に入れたようである。

稲葉は立ち寄った辻番所で、いささかの準備をすると、いよいよ片桐家の門前へと向かうのだった。


「相すいません。ちと『中江《なかえ》の旦那』から、お使いを頼まれまして……」

中江というのは、稲葉たちが捕らえた片桐家の若党のことである。

その中江の名を出して、平脇が片桐家の門番に声をかけると、潜り戸の門は、案の定、すぐに開いた。

「それッ！」

平脇に続いて、いきなりなだれ込んだのは、稲葉たちである。

大きな声で母屋へと伝えようとした門番二人を、稲葉が手にしていた六尺（約一八〇センチ）長棒で、一人また一人と、背中の急所を突いて失神させた。

「やッ！　何奴《なにやつ》……！」

「いや、稲葉さま。棒術にてございますか」

目を瞠《みは》ってきた平脇に、稲葉徹太郎はうなずいて見せた。

「うむ……。どうも剣術《かたな》がほうは、柊次郎とは違い、危ういゆえな」

稲葉がさっき辻番所で戦闘の準備に借りてきたのは、辻番所の者らが警備のために使う、頑丈な長棒であった。

「門番が目を覚まさぬうちに、庭に入らねばならん。行くぞ」

「はい」
七、八十人からの家臣がいそうな広大な片桐家だが、幸いにして今は皆が寝静まった夜である。
こちらは稲葉を含めても七人ほどで、それに道案内の加賀屋の手代がついているだけなので、ここは是非にも気づかれないよう静かに歩を進めて、本間や女中を助け出してしまいたかった。

はたして、夜陰に紛れて進んでいくと、母屋の棟々がようやく切れて、広々とした裏庭が現れた。

「たしか納屋は、あの奥のほうでしたかと……」

加賀屋の手代がそう言って、先導して歩き出してくれたが、もとより提灯《ちょうちん》も蠟燭も使えないため、広い裏庭などは漆黒の闇である。

その闇に突っ込んでいく手代を追って歩いていくと、なるほど、ぼんやり大きな小屋のような建物が見えてきた。

「これが納屋でございます。ただたしか、内部《なか》が小部屋に区切ってございましたような……」

「さようか……」

幸い小屋に見張りのような者はつけられていなかったが、入口と見える板戸には、小さな錠前がかかっている。

本当に本間たちがここに監禁されていて、そのためにこの錠前がつけられているものか、それとも単に納戸の収納品が貴重な代物で、万が一にも盗まれぬよう錠前をつけているのか判らなかったが、どちらにしても、いくら「小さい錠前」とはいえ、壊すのは簡単ではなかろうと思われた。

「柊次郎。柊次郎、おらぬか？」

稲葉はしごく小さい声で呼びながら、小屋の外壁を「コツコツ」と低く小さく叩き始めた。

「柊次郎。おい、柊次郎」

大きな音は立てられないから、皆で派手に呼びかける訳にもいかず、稲葉の低い声とコツコツと壁を叩く音だけが、ひっそり闇に溶けていくようである。

そうして懸命に耳を澄ませながら、壁を叩いて進んでいくと、

「お助けくださいまし……」

と、壁の向こうから、かすかに女の声が聞こえてきた。

「おっ、お女中か？」

「はい」

稲葉の言葉に、女の声が答えてきた。

「お女中、そこに柊次郎もおるか？」

「はい。ですが、ひどくお怪我を……」

「………！」

たしかに、こうして稲葉が声をかけても本間が何も答えてこないということは、か

なりの怪我だということである。やはりもう、音を立てて片桐家を起こしてしまったとしても、早く助け出さねばならなかった。

「今、助けるゆえ、安堵《あんど》いたせよ」

そう女中に声をかけると、稲葉は小屋の入口にまわって、棒で錠前を叩き始めた。

だが、いくら頑丈な長棒とはいえ、鉄の錠前を叩き壊せる訳ではない。

すると平脇が地面を這って何かを探し始めて、手探りで庭の飾りとなっていた大きめの石を見つけると、両手で持って錠前を叩き始めた。

「どうだ、源蔵。壊せそうか？」

「はい」

やはり石だけのことはあり、長棒とは違い、手応えがあるようである。

とはいえ、石と鉄とが勢い込んでぶつかる音だから、暗闇の静寂を破って、あたり一面に響き渡っている。

どうやらさすがに母屋のほうでも気づいたらしく、遠くで慌ただしく何か言い合う声が聞こえてきて、提灯や手燭《てしょく》らしき動く灯りも、ちらつき始めた。

「どうだ、いけるか？」

「はい。だいぶゆるんで……」

平脇が答えるのと、錠前がひときわ大きな音を立てて外れるのが、同時であった。

「よし！　行くぞ」

小屋の板戸を開くと、なかは手代の言う通り、幾つかの仕切りで分けられていて、供揃《ともぞろ》えの男たちが身に着ける半纏や雨合羽、挟み箱や小荷駄の包みなどが分けて仕舞われている。

そうした小部屋の前には、長く廊下のような土間が続いていたが、その土間を走って、稲葉はさっき女中の声がしたほうへと急いだ。

「ここでございます！」

ようやく女の声がして、暗がりのなかに目を凝らしてみると、どうやら女中は自分の膝に本間を寝かせているらしく、それでいっさい動けずにいたようだった。

「柊次郎！」

「……稲葉さ、ま……」

「………！」

本間が声を出してくれたのが嬉しくて、稲葉は胸が詰まって喋れなくなった。

「………」

声も出せないまま、本間の手を両手で握って指で撫でるようにしていると、すぐ外で人声《ひとごえ》がして、片桐家の家中の者らが、いよいよ迫ってきたようだった。

「待っておれ、柊次郎。何としても、そなたらを連れて外に出る」

「……………」

本間がかすかに力を入れて、こちらの手を握り返してきたようである。

その本間の手を、ぽんぽんと優しく叩いてやると、稲葉はまた長棒を抱えて、外に出た。

「……………！」

とたん裏庭の真っ暗闇のなかからこちらに向けて、強い殺気が伝わってくる。稲葉は六尺の長棒を、上段に構えて立った。

と、その闇のなかから、片桐家の若党が三人、姑息《こそく》にも同時に稲葉に斬りかかってきた。

「やッ！」

まず一人目を上段打ちで仕留めると、返した棒で、そのままもう一人を打ち据えて、次には中段の構えから鋭く突きを打った。

「うっ……」

と、三人目が足元に崩れ落ちたのを確かめると、稲葉は、わらわらと集まってきた片桐家の家臣たちに、大音声《だいおんじょう》で言い放った。

「幕府目付の稲葉徹太郎兼道《かねみち》である。先般、麴町の堕胎医にて、ご当家のお女中の危急を救うたは、我が配下の徒目付・本間柊次郎であった。ご当家およびご当主の片桐備後守さまが処罰については、追って沙汰あるものとお覚悟《かくご》召され」

まさか目付方とは思わなかったのであろう。

闇のなか、集まってきていた片桐家の家臣たちはざわざわとし始めて、少しく殺気もゆるんだかのようだった。

「戸板《といた》をお貸しいただきたい。むろん凶行に及んだご家中については、詮議《せんぎ》をさせていただくが、後のことだ。今まずは怪我人を運ばねばならぬゆえ、手を貸してくだされ」

稲葉がそう言うと、集まってきている家中の者らの幾人かが、さっそく戸板を取りに行ったらしく、母屋のほうへと駆け戻っていった。

「かたじけない。よろしゅう頼む」

と、稲葉がそう言った時である。

「怯《ひる》むな！　斬れ！」

遠くのほうから声がして、それに呼応する形で、またも、いま残っている家中の者たちのなかに緊張や殺気が戻ってきたようだった。

「怯むな！　斬れ！」と言うのだから、「目付方であっても構わない。この場で全員を亡き者にして、証拠を残すな」と、そういう意味なのであろう。

たぶん当主の片桐備後守自身が言ったに違いなかったが、つまりは今ここから稲葉たちが本間や女中を連れて出るには、向かってくる片桐家の家臣をすべて倒すしか手がないということだった。

見れば、平脇やほかの小人目付たちも、皆すでにいつでも抜刀《ばっとう》できる構えで、本間たちのいる小屋の前を守っている。

そんな一同を鼓舞して、稲葉は声高らかにこう言った。

「よいな。一気に片を付けるぞ。一刻も早く、柊次郎を運ばねばならぬ」

「はっ！」

と、皆が息を合わせた時である。片桐家の家中の者たちが、いっせいに稲葉たちに向けて斬りかかってきた。

「えいッ！　やッ！　ハッ！」

棒術は、剣術や槍術《そうじゅつ》とは異なり、いわば護身や捕縛のための武術である。

もとより「棒」には刃物がついていないため、剣や槍に比べれば殺傷能力は低いのだが、六尺からある長さを生かして、相手の刀を打ち落としたり、斬り込んでくる相手を払ったり、相手の動きに合わせて文字通り「隙を突いたり」と、一種、万能ともいえるような、自由度の高い武器なのである。

暗闇のなか、一体どこから斬り込んでくるのかよくは見えない敵の息遣いに合わせて、突き出したり、打ち据えたり、払ったりと、稲葉は久しぶりに、この長い六尺棒と一体になっていた。

だが払っても、払っても、敵は次々と襲ってきて、際限というものがない。必死で斬り結んでいる平脇ら配下たちも、さすがに疲れを見せていて、稲葉自身、あまりの疲れで、棒が身体に上手く吸い付かなくなってきたのを感じ始めた時、横手から思いがけない形で、助けが入った。

「おやめなさい！　皆、刀を引きなさい！　あなたたちは、片桐の家を潰すおつもりなのですか？」

よく通る高い声がそう言って、片桐家の実子であるこの家の当主の妻であろう女人が、家臣たちを一喝《いっかつ》して押し止めたのである。

この妻女の言う通り、正式に「目付方」と名乗った稲葉たちに対して、刃を向けてくるということは、幕府に対し、歯向かったということになる。

もとよりこの片桐家・五千八百石は、妻女が代々のご先祖さまより受け継いだものであり、それを他家から婿に来ただけの、不貞《ふてい》で冷血で自分勝手な夫にいいよう潰されてしまうなどと、あってはならないことなのだ。

「御目付さま！」

家臣が全員おとなしくなったのを確かめると、片桐家の妻女は稲葉のもとへと駆け寄って、やおら庭の冷たい土の上に平伏してきた。

「御目付さまに申し上げます。これよりは、当主・備後守周恒を離縁といたしまして、嫡子にございます当年とって十四の『謙一郎《けんいちろう》』に継がせたく存じまする」

「相判った。したが、こうして一件《こと》が起きて後の離縁ゆえ、『必ずや、そなたの願いが叶う』と確約できるものではないが……」

「はい。万事、承知にござりまする」

妻女はつと顔を上げると、稲葉を真っ直ぐに見て、こう言った。

「備後が奥の女中《もの》らに手を付けておりましたことは、薄々気づいておりました。ただまさかあの者たちが、かような酷《ひど》い目に遭《お》うていたとは存じませず、用人ら周囲の家臣からは、『これ以上の寵愛を止めるためにも、女中は里に帰した』とそう聞かされておりましたもので……」

「さようであったか」

「はい……」

と、妻女はうなずいて、悔しそうに先を続けた。

「最初の女中《もの》に手が付いたと判りました際に、私が目を背《そむ》けずに、きちんと話を聞いてやればよかったのでございます。さすれば、その後のあの娘《こ》とて、命を落とさずに済んだことでございましょうに……」

「さようさな」

「はい。まこと、あの女中《もの》たちにはお詫びのしようも……」

「………」

稲葉はしばし言葉を失って、片桐の妻女から目をそらした。

たしかに妻女の言う通り、最初の女中に手が付いた段階で、目を背けずに心を強く持って適切な対処をしておけば、こうして悲惨な事態が次々に起こることもなかったのだ。

だが妻女とて、一人の女人なのである。ひとたび夫の不貞に気がつけば、裏切られた怒りや、自分を蔑ろにされた悔しさで、たまらぬ日々を送らねばならないはずなのである。現に稲葉も十五の頃に、稲葉の母が女中頭《がしら》を相手の昔話で「あの頃は悔しかった……」と、そう言っていた場面を見てしまった経験があるのだ。

　このもう一人の被害者といえる片桐家の妻女の願いが、必ず叶うとは限らない。

　それでもどうか、このご妻女の嫡子に無事に家督相続が許されて欲しいと、稲葉が心底からそう思った時だった。

「……えっ、殿？」

　と、暗闇に居並んでいる片桐家の家臣たちのなかから声がして、その声に慌てたように、男の影が一つ、皆から離れて走り出した。

　目付方に捕まれば自分の身がどうなるか判らないため、暗闇で見えないのをいいことに、いままでじっと家臣の皆に紛れていたのかもしれなかった。

「貴殿、備後守どのか？」

「…………！」

　鋭く声をかけた稲葉の言葉に、男の影は振り返ったようである。だがそれはほんの一瞬で、すぐに男は屋敷の門のほうへと向けて、駆け出した。

「待たれよッ！　そうして逃げて、どうなさるおつもりだ？」

　そう稲葉が叱責したが、男は足を止める様子はない。

「逃がすな！　皆の者、捕らえよ！」

「ははっ！」

と、声を上げたのは平勝ら小人目付たちだったが、実際に立ち上がって「元の主君」を四方八方から皆で捕らえたのは、片桐家の家臣たちであった。

見れば、どうやら暗闇のなか、備後守は身動きができぬほどに、地べたに押さえつけられているらしい。

この片桐家の家臣たちの活躍については、是非にも『御用部屋』の上《うえ》つ方《かた》にご報告をせねばなるまい。

「古参名家の片桐家のご家中らしく、幕府に仇為《あだな》す罪人を自ら捕らえんとして、皆、懸命に立ち働きましてござりまする」

と、目付として精一杯に喧伝してやらねばと、稲葉は思うのだった。

片桐家が願い出た「婿養子である夫の離縁」と、「十四の嫡男の家督相続」に無事、正式な許しが出たのは、それから間もなくのことだった。

三人目の女中については、片桐家で出産の世話をし、無事に生まれた暁には、嫡男の弟妹《ていまい》として片桐家で育て上げるそうである。

一方、本間柊次郎は背後から頭を殴られてひどい怪我を負ったものの、今ではずいぶんと痛みも引いて、腫れ上がっていた患部もだいぶ落ち着いてきたようだった。

そんな本間を見舞っての、帰り道のことである。

稲葉は久しぶりに墓前の「稲葉の母」に会いたくなって、菩提寺《ぼだいじ》へとその足を向けていた。

生前、母が好きだったのは、何とも女人らしくない、何の色気も甘味もない、ひどく固い煎餅《せんべい》である。

その自分の大好物でもある煎餅の大袋を脇に抱えて、稲葉は颯爽《さっそう》と母のもとへと向かうのだった。

時代小説

二見時代小説文庫

武士《ぶし》の情《なさ》け　本丸《ほんまる》　目付《めつけ》部屋《べや》12

二〇二二年　九　月二十五日　初版発行

著者　藤木《ふじき》　桂《かつら》

発行所　株式会社　二見書房
〒一〇一-八四〇五
東京都千代田区神田三崎町二-一八-一一
電話　〇三-三五一五-二三一一［営業］
〇三-三五一五-二三一三［編集］
振替　〇〇一七〇-四-二六三九

印刷　株式会社　堀内印刷所
製本　株式会社　村上製本所

ISBN978-4-576-22129-8
https://www.futami.co.jp/